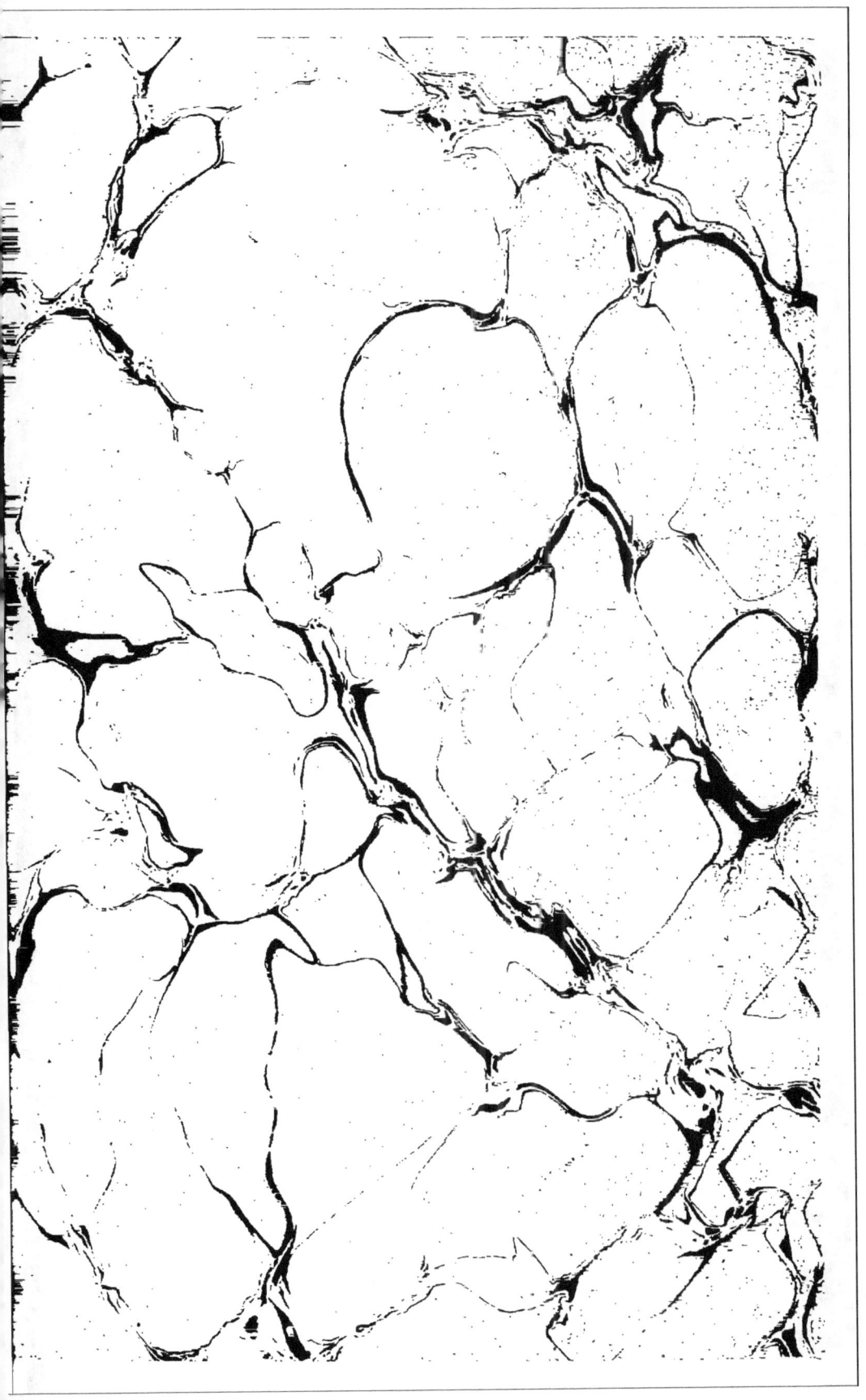

BÉVUES PARISIENNES.

MARSEILLE

Typographie et Lithographie Arnaud et Cie.

Rue Cannebière , 16

BÉVUES

PARISIENNES

LES JOURNAUX

LES REVUES, LES LIVRES

PAR

LE BARON GASTON DE FLOTTE.

MARSEILLE	PARIS
CAMOIN FRÈRES, LIBRAIRES.	DENIU, LIBRAIRE.

1860

BÉVUES PARISIENNES

Par nous, d'en bas, la pièce est écoutée ;
Mais nous payons, utiles spectateurs,
Et, quand la farce est mal représentée ,
Pour notre argent nous sifflons les acteurs.
(J.-B. Rousseau).

M. Edouard Fournier a publié sous ce titre : *L'Esprit des autres*, un charmant petit volume d'une lecture agréable et facile, mais qui n'est pas d'une grande utilité : les citations, toujours justes, sont trop arbitraires; les indications sont parfois inexactes. Quel est le système de M. Fournier? Tels vers, nous dit-il, telles phrases sont faussement attribués à tel auteur, — et il les restitue au véritable propriétaire. — C'est bien, mais cela ne suffit pas ; je veux savoir le nom de celui qui s'est trompé, comment et pourquoi il s'est trompé : *Pourquoi?* car alors je jugerai s'il y a négligence, ignorance ou mauvaise foi, et la leçon pourra profiter. — M. Fournier possède une riche mémoire; dès qu'elle lui rappelle un vers, une sentence, une maxime : Voici le véritable auteur! s'écrie-t-il :

Amour, tu perdis Troie.....

. . . .

De loin c'est quelque chose, et de près ce n'est rien.

. . . .

Cet âge est sans pitié.......

. . . .

En toute chose, il faut considérer la fin.

. . . .

Tout cela est de La Fontaine. — Mais qui donc en a jamais douté?

« Cite-t-on un vers d'allure pieuse ou même seulement « d'apparence déiste, comme celui-ci :

« Si Dieu n'existait pas, il faudrait l'inventer,

« on n'ira pas l'attribuer à Voltaire. »

Mais, pardon! nous ne l'avons jamais vu attribué à d'autres; c'est peut-être son vers le plus connu; on peut n'être pas d'accord sur la pensée qui l'a dicté, car, ajoute M. Fournier, « qu'on s'en défie, il est à double tranchant; » mais partout vous le verrez suivi du nom de Voltaire.

Ainsi, le spirituel anthologue va cueillant à pleines mains les plus charmantes fleurs des jardins de poésie; mais sa critique, ne s'appuyant sur rien, manque le but, et ne nous est d'aucun profit. Il y a tant de choses à dire pourtant sur le sans façon, le laisser-aller avec lequel on

traite depuis tantôt deux siècles ce pauvre public, mo-
quable et bernable à merci ! Au XVIIe siècle on le respec-
tait un peu plus. — Voltaire vint, et fit école, et quelle
école, grand Dieu ! comme dirait M. Jules Janin, l'un de
ses plus dignes élèves en ce point. — Nous ne parlons pas
de ses bévues, de ses ignorances, de ses calomnies anti-
religieuses si bien relevées en partie par l'abbé Guénée ;
mais que de préjugés simplement littéraires ne lui devons-
nous point !

Ne croyons-nous pas, ne croirons-nous pas toujours
sur sa parole, répétée par La Harpe et tant d'autres, que
Mme de Sévigné a dit : « La mode d'aimer Racine passera
« comme le café ? » — N'a-t-il pas écrit (Catalogue des
écrivains français du siècle de Louis XIV) : « C'est dom-
« mage qu'elle manque absolument de goût,.... qu'elle
« égale l'oraison funèbre de Turenne, prononcée par Mas-
« caron, au grand chef-d'œuvre de Fléchier. » Or, écou-
tons, comme de juste, l'accusée elle-même :

« M. de Tulles a surpassé tout ce qu'on espérait de lui ;
« c'est une action pour l'immortalité. » (Lettre du 6 novembre 1675).

« On ne parle que de cette admirable oraison funèbre
« de M. de Tulles; il n'y a qu'un cri d'admiration sur
« cette action; son texte était : Domine, probasti me, et
« cognovisti me. Et cela fut traité divinement. » (10 novembre 1675).

« On dit que l'abbé Fléchier veut le surpasser, mais je
« l'en défie. » (1er janvier 1676).

Fléchier accepte le défi : il s'empare de ce magnifique texte qu'il avait tremblé de voir choisi par son rival, car il fut présent au discours de Mascaron ; inquiet, tant que ce dernier ne rompit pas le silence, il s'écria dès les premiers mots du texte : « Il peut dire maintenant tout ce « qu'il veut; je ne le crains plus ! » Fléchier accepte donc le défi de Mᵐᵉ de Sévigné, qui se rétracte complètement :

« Madame de Lavardin me parla de l'oraison funèbre « de Fléchier; nous la fîmes lire, et j'en demande mille et « mille pardons à M. de Tulles, mais il me parut que « celle-ci était au-dessus de la sienne ; je la trouve plus « également belle partout ; je l'écoute avec étonnement, ne « croyant pas qu'il fût possible de dire les mêmes choses « d'une manière toute nouvelle. » *(28 mars 1676).*

Voltaire *(Siècle de Louis XIV,* Chap. XXXII. *Des Beaux-Arts),* confond Jean Lingendes, évêque de Sarlat, puis de Mâcon, avec Claude Lingendes, jésuite. L'oraison funèbre dont il parle n'est pas consacrée à Charles-Emmanuel, mais à Victor-Amédée, son fils ; elle fut prononcée non en 1630, mais le 29 octobre 1637; elle est imprimée, malgré l'assertion de Voltaire : « Fléchier, dit-il, en prit « l'exorde tout entier aussi bien que le texte. » Voici le texte choisi par Lingendes : *In mortuum produc lacrymas, et fac planctum secundùm meritum (Ecclesiast,* cap. XXXVIII, vers. 16-18). L'exorde qui commence ainsi : « De toutes les pierres des tombeaux..... etc.... » est prodigieusement long, lourd et de mauvais goût ; l'orateur y cite Aristote : « Il y a, dit Aristote, diverses

« espèces de larcins. » Fléchier n'a rien pu y trouver;
jamais Lingendes ne songea à ce beau texte : *Fleverunt*
eum omnis populus Israel planctu magno.... etc. Fléchier a imité, il est vrai, quelques passages, entre autres
celui-ci, qui ne se trouve pas dans l'exorde : « Puissances
« ennemies de la France.... » Et ce n'est pas ce qu'il a
fait de mieux.

Voilà tout ce qui résulte des assertions de Voltaire,
assertions que les biographes et les rhéteurs ont copiées
sans remonter à la source. Voyez La Harpe (Lycée. —
Éloquence de la chaire) : « L'exorde de l'oraison funèbre,
« imité de celle d'Emmanuel de Savoie, composée par le
« jésuite Lingendes, mais fort embelli par Fléchier. » —
Fort embelli ! — Et cet exorde n'existe pas dans Lingendes !

Un des plus jolis tours d'escamotage qu'ait fait Voltaire
est celui-ci *(Siècle de Louis XIV.* Chap. xxxviii. — *Du*
Quiétisme) : « L'archevêque de Cambrai (qui le croirait!)
« parodia ainsi un air de Lulli :

> Jeune, j'étais trop sage
> Et voulais tout savoir :
> Je ne veux en partage
> Que badinage,
> Et touche au dernier âge
> Sans rien prévoir...

« Il fit ces vers en présence de son neveu, le marquis de
« Fénélon, depuis ambassadeur à La Haye. C'est de lui
« que je les tiens. »

Voltaire revient sur ce couplet dans son *Supplément au*

Siècle de Louis XIV ; il y revient dans ses *Fragments sur l'Histoire*, art. IX ; il y revient dans sa correspondance, à Formey (1752), — au marquis de Courtivron (22 juillet 1755). Il y tient beaucoup. « Je vous dis devant Dieu, « écrit-il à Formey, que le marquis de Fénelon me récita « cette chanson à La Haye, en présence de sa femme et « de l'abbé de Laville. Eh morbleu ! faites comme l'arche- « vêque de Cambrai : détrompez-vous de tout. »

Voilà bien du bruit et bien des serments pour une chanson, mais cette fois, la citation est exacte : le mensonge n'en est que plus impudent. — Veuillez ne pas supprimer philosophiquement le titre de ce cantique (car c'est un cantique) : *Renoncer à la sagesse humaine pour vivre en enfant ;* puis, citez le premier couplet :

> Adieu, vaine prudence,
> Je ne te dois plus rien ;
> Une heureuse ignorance
> Est ma science :
> Jésus et son enfance
> Est tout mon bien.

Cela pourra changer les choses : les sots, les fripons, les welches, les *christocoles* seront tentés de croire que Fénelon, fatigué du monde, reconnaissant l'inanité des sciences humaines, se livrait tout entier à *Jésus* et à *son enfance ;* et que M. de Voltaire possédait au plus haut degré l'art de mentir et de calomnier en disant vrai !

« Faut-il que tous les physiciens aient été les dupes d'un « visionnaire nommé Palissi ? C'était un potier de terre

« qui travaillait pour le roi Louis XIII. » *(Les colima-*
çons, du R. P. l'Escarbotier. 3me *Lettre)*. — Bernard de
Palissy ne fut point un visionnaire : son système sur les
coquilles a été reconnu vrai par Fontenelle, par Venel,
Sténon, Scilla, Buffon, Leibnitz, Woodward, Maraldi,
Cuvier, Deluc,.... etc...., qui ont étudié la question
autrement que Voltaire, et quelques-uns étaient aussi *phi-*
losophes que lui. — « Il travaillait pour le roi Louis XIII ! »
— Bernard de Palissy mourut en 1589 !

 « *Ut ridentibus arrident, ità flentibus adflent.*

 « Le jésuite Sanadon a mis *adsunt* pour *adflent*. »
(L'Homme aux quarante écus. Chap. IX).

 C'est justement Sanadon qui a restitué à ce vers le mot
adflent ; voici son commentaire sur le vers 101me de
l'Epître aux Pisons : « *Flentibus adflent :* c'est sûrement
« la véritable leçon qui a été altérée dans les manuscrits,
« où on lit *adsunt, adsint, adflant.* Cinq ou six sçavants
« commentateurs en ont averti, et le texte a été enfin
« réformé dans les meilleures éditions qui se sont faites
« de nos jours. Le verbe *afflere* se trouve plus d'une fois
« dans Plaute. »

 « Il est très-vrai *(Dictionnaire philosophique.* — Art.
Épopée. — De l'Arioste), il est très-vrai que le pape
« Léon X publia une bulle en faveur de l'*Orlando furioso,*
« et déclara excommuniés ceux qui diraient du mal de ce
« poème. Je ne veux pas encourir l'excommunication. » Il
est très-vrai que cela n'est pas vrai. — Voltaire a sans
doute pris cette bêtise dans Bayle qui cite le protestant

Blondel : « Presque en même temps qu'il foudroya ses
« anathèmes contre Martin Luther, il n'eut point de honte
« de publier une. bulle en faveur des poésies profanes de
« Louis Arioste, menaçant publiquement ceux qui les
« blâmeroient, en empescheroient le profit de l'impri-
« meur. » (Dict. de Bayle. — Art. Léon X, note F. —
D'après David Blondel, examen de la bulle d'Innocent X.
— Page 3).

D'abord l'*Orlando* de 1515 ressemble peu à celui que
l'on connaît, et la bulle, rédigée par Sadolet, est de cette
époque, 1516. — Il n'avait que quarante chants ; en 1532,
il en eut quarante-six avec de notables changements, de
considérables additions (Voir Ginguené. — *Histoire littéraire d'Italie*, tome IV). « La prima edizione, dit Haym
« (*Notizia de' libri rari*, page 112) è rarissima ; e vi si
« trovano moltissime variazioni e cangiamenti che poi
« nelle altre fece l'Ariosto, e perciò si rende molto ins-
« truttiva e curiosa. »

Ensuite, la bulle de Léon X n'excommunie nullement
ceux qui se permettront de mal parler du poème ; elle
punit seulement de 200 florins d'amende tout imprimeur
assez hardi pour le reproduire sans la permission de l'auteur : « Noble bulle ! s'écrie le regrettable Audin ; noble
« bulle, dirigée contre la convoitise de quelques forbans qui
« avaient établi une croisière véritable pour saisir et vendre
« chaque vers qu'improvisait le chantre de Renaud. » —
L'Arioste eut soin de placer en tête de son œuvre la bulle
de Léon, et chacun peut la lire. — Comment Blondel,

Bayle, Voltaire et leurs copistes, ont-ils trouvé là une excommunication contre quiconque oserait critiquer l'*Orlando?* — Nous n'y voyons qu'une peine contre des pirates littéraires; nous voyons un souverain qui sauvegarde la plus belle, la plus légitime des propriétés, la propriété de l'artiste.

En parcourant les soixante-dix volumes de Voltaire, on constate partout cette légèreté, ces mensonges, ce sans-gêne dont il avait contracté la triste habitude, et qui se retrouve dans ses pages les moins sérieuses comme dans celles qu'il voulait rendre graves. — Son siècle suivit l'exemple : on se moqua de *Monseigneur* le Public, comme disait Luther, et l'on tomba dans les plus divertissantes erreurs. Voici le grave Montesquieu, le grave président à mortier, le grave auteur de l'*Esprit des Lois :* « J'ai ouï « plusieurs fois déplorer l'aveuglement du conseil de « François Ier, qui rebuta Christophe Colomb qui lui pro- « posait les Indes. En vérité, on fit, peut-être par impru- « dence, une chose bien sage. L'Espagne a fait comme « ce roi insensé qui demanda que tout ce qu'il toucherait « se convertît en or, et qui fut obligé de revenir aux « Dieux pour les prier de finir sa misère. » *(Esprit des Lois.* — Livre XXI. — Chap. XXII). — Cela, certes, est fort joli; c'est le cas de répéter le mot de M. de Bonald, mot si admiré de M. de Maistre : « Comme l'a dit plai- « samment dans l'*Esprit des Lois* l'auteur des *Lettres* « *Persanes.* » — Seulement, si Montesquieu ouit plusieurs fois déplorer l'aveuglement de François Ier, à l'encontre de Christophe Colomb, cela prouve qu'il connaissait un grand nombre d'ignorants. — Sans Montesquieu et ceux qu'il écoutait, nous aurions toujours cru que l'Amérique ayant été découverte en 1492, et François Iᵉʳ étant né en 1494, Christophe Colomb eût été mal venu de proposer un monde nouveau à François Iᵉʳ deux ans avant sa naissance : c'eût été par trop ironique.

Ces choses abondent : les esprits les mieux faits laissaient dès-lors, comme aujourd'hui, aller leur plume au hasard ; ils ont dit d'étonnantes sottises ; on croit rêver en les lisant. — Voltaire lui-même (qui le croirait?) a pu être calomnié! et par qui, grand Dieu! par son élève le plus chéri, par celui qu'il appelait : Mon enfant, par La Harpe ! — Après avoir cité quelques vers contre Frédéric de Prusse, tirés du *Discours sur la Modération*, le grand critique ajoute avec un incroyable sang froid : « Mais, au « reste, ces reproches généraux et indirects ne sont rien en « comparaison de ce qu'il écrivit quand Frédéric mort ne « fut plus à craindre. » — *(Lycée.* — Du Discours en vers.) — Quoi! La Harpe, le contemporain, le correspondant de Voltaire et de Frédéric, ignore que Voltaire mourut le 30 mai 1778, et Frédéric le 17 août 1786, huit ans après! — Et c'est dans son *Lycée*, dans le meilleur de ses ouvrages, malgré tous ses défauts, que La Harpe commet cet étrange anachronisme, cette prodigieuse bévue ! — C'est à n'y rien comprendre.

Si tels furent les maîtres, que voulez-vous que soient les élèves? Ils auront bientôt tout dépassé de toute la dis-

tance de leur médiocrité. — Puis , qu'importe? L'éditeur
impose-t-il une amende pour chaque sottise , pour chaque
ignorance? — D'ailleurs, avons-nous le temps? — Le
journal n'attend pas. — Mais les revues ? Quinze jours
ou un mois, n'est-ce point assez? — Soit ; mais la tâche
est commandée ; nous nous en débarrassons le plus tôt
possible pour passer plus tôt à la caisse. — Mais les livres..... Tout une vie d'auteur..... Allons donc , une vie
d'auteur ! — c'était bon autrefois ; nous avons changé tout
cela , comme Sganarelle. — Ne nous faut-il pas toutes les
années servir plusieurs histoires en dix volumes , et , lut-
tant par leur nombre avec les romans, ne pas nous laisser
gagner de vitesse ! Le temps des Bénédictins n'est plus. —
Que sont devenus en France ces couvents, ces cloîtres,
ces Thébaïdes , noble asile de la prière et des sciences,
où , loin des bruits du siècle et sous les ailes de la Foi , on
pouvait rêver , sans que rien s'interposât entre vous et
vos rêves aimer, sans que la déception vînt briser
votre âme , travailler sans être interrompu par les cla-
meurs du dehors? Maisons heureuses , où Dieu trouvait
le culte du cœur, où son nom présidait aux actions les plus
indifférentes , où son ombre bienfaisante s'étendait comme
l'ombre du palmier sur les sables du désert ! Où sont les
Ruinart, les Calmet, les Mabillon , les Acheri, les Bou-
quet, les Labat, les Montfaucon , les Cellier, les Lobineau,
les Martenne , etc.... glorieux martyrs du savoir , maîtres
immortels à qui nous devons tout?—La vapeur nous em-
porte ; l'électricité ne nous laisse pas le temps de mettre

l'orthographe ; quels moments donner à l'étude, à la médi-
tation, tandis que l'histoire contemporaine marche si vite,
avec tant de fracas, et frappant à votre porte, vous
réveille à toute heure en sursaut ? Quel repos espérer
quand le vent de l'orage vous apporte chaque jour des
bruits sinistres, des cris de malheur, une plainte immense,
une lamentation, tels qu'ils n'étaient pas sortis encore des
entrailles des siècles ?

Je le reconnais : c'est le prendre bien haut avec ces esprits légers, ces intelligences dévoyées qui vivent, parlent,
écrivent au jour le jour, sans se douter d'où leur vient
cette profonde ignorance, à eux qui ont l'honneur cependant
dant de travailler à l'état social ; car tout homme qui tient
une plume a un grand devoir à remplir. La page la plus
futile peut avoir son utilité, comme la plus petite pierre
et le grain de sable contribuent à un édifice. — Nous ne
parlons pas ici de morale ; nous nous bornons à protester
contre l'indigne légèreté avec laquelle on ment, soit par
ignorance, soit dans un but perfide. Il est aisé, même au
moins érudit des teneurs de plume, de ne pas souffleter à
chaque instant l'histoire : on a pour guides les fastes chro-
nologiques, les dictionnaires biographiques, les tablettes,
les almanachs littéraires, le livre intitulé *Un million de
faits*, etc..., tout comme on a pour les visites du jour de
l'an *l'Almanach des adresses*. — N'y a-t-il pas une loi
contre les donneurs de fausses nouvelles? — Voltaire,
qui en a tant imprimé lui-même, n'a-t-il pas fait un livre : *Des mensonges imprimés?* — Depuis, la moisson

s'est considérablement accrue, et s'accroît chaque jour :
— Nos petits-fils seront bien renseignés ! Tout cela pourtant a son côté comique. Quoi de plus plaisant que de
voir les maîtres de la presse parisienne donner à l'humble
et timide province de si belles leçons d'histoire, de philosophie, de morale, de style et de grammaire ! Nous les
acceptons avec reconnaissance, et si nous voyons qu'on
se moque de nous, le respect pour ces grands noms nous
interdit la réciprocité ; nous n'oserions discuter les systè-
mes, les rêveries, les hauts enseignements, les religions
nouvelles qui se fabriquent chaque jour dans la grande
capitale du monde civilisé ; mais parfois, au milieu de
ces débauches, de ces orgies de bévues, d'ignorances et
de mensonges, nous saisissons timidement quelque sottise
trop étrange, et nous sourions. — Parmi ces innombrables sottises il en est qui ne sont que ridicules, il en est
de sérieuses et de coupables en ce qu'elles peuvent tromper les faibles. De Maistre a dit que depuis longtemps
l'histoire, telle qu'on l'écrit, est une conspiration contre
la vérité ; jamais son apophthegme ne fut plus applicable.

Depuis quelques années, la *Gazette du Midi* veut bien
offrir une gracieuse hospitalité à des notes prises rapidement, çà et là, dans les journaux, les revues, les livres
les plus accrédités parmi ceux qui ont le plus grand nombre de lecteurs ; — ces notes on nous les demande, on
croit qu'elles pourront être utiles ; nous regrettons
qu'elles soient si restreintes : que de belles choses in-
connues ! que de trésors échappés à nos regards ! Incon-

vénient de la solitude où arrivent rarement le *Siècle*, la *Patrie* et le *Constitutionnel!* Un autre sera plus heureux, et saura compléter notre humble et respectueux travail. — Nous avons cru devoir le diviser en *journaux*, *revues* et *livres*; le lecteur suivra plus aisément ainsi le mouvement de la grande presse parisienne, jugera mieux le degré d'indulgence ou de sévérité qu'il doit accorder aux faiseurs, jusqu'à quel point l'improvisation quotidienne, l'espace d'un mois et un temps illimité doivent peser dans la balance. Presque toujours les noms signalés dans le journal se retrouveront dans la revue et dans le livre : pour ceux-là, je ne comprendrais guère l'application des circonstances atténuantes.

Quoique venus d'une ville qui ne passe point pour très-littéraire, d'une ville marquée jadis, par M. Dupin, d'un trait noir, les articles que nous reproduisons ont acquis une certaine notoriété : bien des intéressés en ont fait mention, les ont cités en tout ou en partie : le *Figaro*, entre autres, s'est exécuté avec esprit, — c'est tout simple, — avec une charmante bonne grâce, — ce qui était plus difficile; nous l'en remercions, nous remercions ceux qui ont bien voulu nous venir en aide. Si, appuyé de leur autorité, nous parvenons à obtenir que tant d'écrivains, au nom plus ou moins accrédité, plus ou moins retentissant, daignent enfin épargner notre faiblesse, ne plus se moquer de nous avec un sans façon si hautain et si méprisant; si nous réussissons à leur inspirer un peu de respect pour l'histoire, pour les lettres, pour les sciences et les arts ;— pour les humbles surtout à qui ils prodiguent de si beaux enseignements , ces notes incomplètes, prises au hasard , au jour le jour, et sans intention blessante , ces notes, dis-je , ne seront pas entièrement perdues ; car, qui sait? peut-être tel écrivain à la mémoire débile, à l'érudition légère, à l'assurance outrecuidante , réfléchira avant d'écrire, et avant de formuler de grotesques énormités , s'avisera de lire et de consulter ; il y gagnera bien plus encore que le public !

LES JOURNAUX.

LE JOURNAL DES DÉBATS.

—

A Jove principium : — Précepte antique, qui nous fait commencer cette revue par le *Journal des Débats*, et nous la fera terminer par le *Siècle*.

Dieu merci, nous n'avons pas à nous occuper de ses innombrables opinions politiques ; nous renvoyons à son *Histoire* si bien racontée par M. Alfred Nettement. — Dès son premier jour, le *Journal des Débats* fut le premier de nos journaux littéraires. Qui ne se rappelle Geoffroy, Féletz, Fiévée, Hoffmann, Dussault, Duvicquet, Salvandy, Nodier, et, par dessus tous, Chateaubriand ? La tradition ne fut jamais interrompue : Les noms de St-Marc Girardin, de Sacy, de Philarète Chasles, de Barrière, de Cuvillier-Fleury, de Berlioz, de Ratisbonne, de Déléeluze, de Rigault, de Renan, de Taine, de La Bou aye, etc., enfin, de Jules Janin, se lisent au bas des articles littéraires, scientifiques, philosophiques, artistiques, publiés par le *Journal des Débats* avec une abondance qui n'a rien de *stérile*; là, du moins, la rédaction soigne son style, et même l'exécution typographique; jamais feuille publique, imprimée du jour au lendemain, ne fut moins maculée de ces coquilles et bourdons qui faisaient bondir de colère Charles Nodier. — Au point de vue de l'exactitude historique et littéraire, il n'en est point ainsi, grâces surtout à M. J. Janin. — Nous retrouverions M. Janin dans les revues et dans les livres; mais comme il n'a jamais écrit véritablement un livre, que ses livres ne sont jamais que des feuilletons cousus au hasard à la suite l'un de l'autre, nous allons récapituler pour n'y plus revenir.

M. J. Janin peut être proclamé le grand maître de l'école moderne; il parle de toutes choses, *et quibusdam aliis*, et il en parle d'une manière qui n'est qu'à lui; ses excursions dans le domaine de l'histoire sont charmantes, ses innombrables citations sont charmantes aussi.

M. Janin fait bâtir le Luxembourg par Catherine de Médicis, et ce n'est point une faute d'impression : « Ce « palais du Luxembourg a été bâti en 1615 (remarquez « la date), par la reine Catherine de Médicis, qui le fit « élever d'après un palais Corentin; car, cette régente de « France qui a fait tant de mal et qui a versé tant de « sang, était restée italienne dans son cœur. » Et cela était dit dans le *Journal des Enfants*! Les enfants avaient là une excellent maître d'histoire !

M. Janin lit dans Chateaubriand : « Tertullien , ce Bos-
« suet Africain , » et il copie : « Saint-Jean Chrysostôme ,
« ce Bossuet africain ! » — Saint-Jean Chrysostôme était ,
je crois , asiatique , et son génie n'a rien de commun avec
celui de Tertullien ou de Bossuet.

Il nous dit que Molière prit le type de la *Célimène* du
Misanthrope dans la société de la duchesse de Bourgogne :
la duchesse de Bourgogne naquit (1685) douze ans après
la mort de Molière !

Qui ne connaît la ville de Cannes « doublement célèbre
« par la victoire remportée par Annibal sur les Romains,
« et par le débarquement de Bonaparte ! » Cette délicieuse
chose a passé en proverbe.

M. Janin fait assister aux croisades Charlemagne et ses
hauts barons.

Il accuse Louis XI d'avoir persécuté Abailard.

Il fait présent à Catinat de la victoire de Denain ; —
affaire toute personnelle entre J. J. et le maréchal de
Villars.

Ses connaissances géographiques sont à la hauteur de
ses connaissances historiques :

Smyrne, qui est une île ; — Rodez , qui est la capitale
de l'Auvergne ; — le Rhône, qui passe à Marseille : — du
reste , s'il n'y passe pas, c'est la faute du Rhône, il devrait y passer. — Ceci nous rappelle M. le pasteur Coquerel
s'écriant dans une séance de l'Assemblée Législative (15
juillet 1851) : « La République de Venise avec sa police
« multiple, avec ses oubliettes, avec son Pont-des-Soupirs

« où la voix des morts s'éteignait dans l'Arno ! » — Il fallait que *la* VOIX *des* MORTS fût bien retentissante pour que, partant de Venise, elle ne s'éteignît qu'à Florence, dans l'*Arno*.

Passant à une autre science, M. Janin voit à travers le cristal du ruisseau, *rougir* l'écrevisse ; — il appelle le homard *le cardinal des mers :* — il n'en a vu que sur la table. — La commission du Dictionnaire de l'Académie était réunie ; entre Cuvier : Ah ! monsieur, vous venez à propos ; nous allons vous soumettre la définition d'un mot qui est bien dans votre spécialité : *Ecrevisse, petit poisson rouge qui marche à reculons.* — Fort bien ! dit Cuvier, c'est parfait ; permettez-moi seulement trois légères observations : — 1° L'écrevisse n'est pas un poisson ; — 2° elle n'est pas rouge ; — 3° elle ne marche pas à reculons. — A part cela, votre définition est d'une admirable exactitude.

Les citations si nombreuses, si accumulées, sont dignes du reste ; il les sème en toute langue avec la même profusion, mais non avec le même à-propos, avec la même précision que Rabelais et que Montaigne : Le *habent sua fata libelli*, est toujours attribué par lui à Martial, et non au véritable auteur Terentianus Maurus ; dans son poème *de Metris, syllabis, pedibusque poeticis.*

Pro captu lectoris habent sua fata libelli.

Mais ce sont là de vieux péchés ; voyons si, à force d'écrire, M. Janin a fini par s'amender.

Dans l'*Illustration* du 23 janvier 1855, il confond les deux Scaliger, Jules César et Joseph Juste. — Dans ses *Gaîtés Champêtres* (tome 1er, p. 231), il fait de Chevet un maréchal de France, et (p. 420) d'Ausone un évêque.

Histoire de la *Littérature dramatique* (t. ii — p. 25) : « Je ne sais rien de plus grand que l'*Iliade*, a dit Properce.» Contre-sens : Properce a dit tout le contraire :

> Cedite, romani scriptores, cedite, graii;
> Ne scio quid majus nascitur Iliade!
>
> (Lib. ii. — Elég. xxxvi.)

Et il s'agit de l'*Enéide*.

Même ouvrage (tome ii, p. 395), nous trouvons cette citation que nous défions le plus habile latiniste de traduire :

> Mediocribus aquas,
> Ignoscos vitiis temor.

Cela ne ressemble-t-il pas aux *amphigouris* qui furent à la mode dans les salons de Mme de Teucin? Au XVIIme siècle, Barbier d'Aucour, avocat au Parlement, eut le malheur de dire un jour à un R. P. jésuite qui l'engageait à se tenir décemment à l'église parce que *locus erat sacer : « Si locus est SACRUS....* » Le surnom *d'avocat sacrus* fut dès lors rivé au nom du pauvre Barbier d'Aucour. — On est plus indulgent aujourd'hui.

Même ouvrage (tome iii, page 96), des vers de V. Hugo sont cités ainsi :

> L'ombre naît, et ta porte est close !
> Lève-toi, pourquoi sommeiller ?

Pourquoi ? mais parce que *l'ombre naît;* — c'est tout simple ; aussi le texte dit :

> *L'aube* naît , et ta porte est close !
> *Ma belle* , pourquoi sommeiller ?

Même volume (p. 312) : « On a vu Molière cherchant la « comédie errante, comme ce héros , son *contemporain* , « qui cherchait la chevalerie ; avec cette différence qu'au « temps de don Quichotte...... » Cervantès mourut en 1616 , le même jour que Shakespeare ; Molière naquit en 1622. — « Orléans, cette noble ville prosternée aux autels « de l'héroïne qui sauva la France il y a trois siècles. » (*Journal des Débats* , 25 mai 1855). Or, il y avait en 1855, 426 ans : à 126 près, le calcul est juste. « Regnard se fit « bâtir une maison près du boulevard , rue Grange-Bate- « lière, et deux cents ans plus tard, sur le terrain de la « Bastille renversée , un certain Caron de Beaumarchais se « fera bâtir, lui aussi, une maison. » — Regnard est mort en 1709 ; on dit que la Bastille a été renversée en 1789 : quatre-vingts ans seulement après, en supposant que Regnard ait fait bâtir la dernière année de sa vie.

Racine est aussi bien traité que Victor Hugo :

> « Non , *nous n'espérons* plus de *vous* revoir encor,
> « Sacrés murs, que n'a pu *défendre* mon Hector ! »

Hector les avait vaillamment défendus ; — et que devient la poésie du premier vers :

> Non , *vous n'espérez* plus de *nous* revoir encor,
> Sacrés murs, que n'a pu *conserver* mon Hector !

A propos de ce charmant couplet :

> Et fermant les yeux, je vois
> L'enclos plein de lumières,
> La haie en fleurs, le petit bois,
> La ferme et la fermière.

M. Janin s'écrie : « De beaux vers, ceux-là, d'un « proscrit, M. Alphonse Esquiros ! » — Par malheur, ces beaux vers sont d'Hégésippe Moreau (*la Fermière*, romance 1836).

« Que celui-là soit anathème, disait l'évêque de Lisieux « à M. Costar, *anathema sit*, qui ose soutenir qu'un « évêque goutteux doit travailler : *Episcopum podagrá laborare* (*J. des Débats*; 10 septembre 1855). — Nous avons donné ces cinq mots latins à un élève de cinquième, qui les a rendus ainsi : « Qu'il soit anathème « celui qui ose soutenir qu'un évêque peut souffrir « de la goutte. » — L'élève de cinquième a remporté le prix sur M. Janin ; en effet, l'évêque de Lisieux protestait, en plaisantant, contre ceux qui supposent qu'un évêque peut être atteint de la goutte, ce mal des hommes mondains.

(*La Place Royale dans les rues de Paris*). — M. Janin parle de Gombaut (il fallait écrire *Gombauld*); et nous dit : « L'évêque de Vence, — le poète que Mme de Ram-« bouillet appelait le beau Ténébreux, » — Gombauld ne fut jamais évêque; — lisez *Godeau*.

M. Janin écrit un gros livre sur la Bretagne ; page 182, nous lisons : « Le roi Philippe fit de la Bretagne

« un duché-pairie , 1299, en même temps que le duc
« Jean II mariait son petit-fils avec la jeune Isabeau ,
« fille de Charles de Valois , père de Philippe-le-Bel. » —
Ce scélérat de le Ragois qui voulait nous faire croire
que le père de Philippe-le-Bel était Phillippe III, dit
le Hardi !

Page 262 , M. Janin fait combattre Duguesclin (1348)
« avec un capitaine anglais, Thomas de Cantorbéry,
« frère du célèbre archevêque assassiné. » — Duguesclin
nous a toujours été présenté dans l'histoire comme un
vrai gentilhomme brave et généreux ; or, comment un
vrai gentilhomme brave et généreux , âgé de 37 ans ,
eût-il accepté le combat contre un homme âgé d'au
moins 178 ans ? Le saint et célèbre archevêque ayant ,
en effet , été assassiné en 1170 , son frère devait , fût-il
son cadet , être , en 1348, à peu près deux fois centenaire.

Page 410. — « Marguerite d'Autriche..... cette prin-
« cesse dédaignée de Charles VIII, et mariée plus tard
« à l'Infant d'Espagne , devait être plus tard la mère
« de l'empereur Charles-Quint. » — On nous disait à
l'école que la mère de l'empereur Charles-Quint fut
Jeanne de Castille, surnommée *Jeanne-la-Folle* ; Robert-
son le croyait ainsi.

Voici qui est plus joli encore : (*Dictionnaire de la Conversation*, art. *Crébillon fils*) « Elle donna sa fortune
« à Crébillon fils, et lorsque vint 93 ; il eut le bonheur
« de sauver sa femme et de se sauver lui-même. J'ima-
« gine cependant qu'il a dû trembler quelque peu , s'il

« a vu passer Mme Dubarry dans le tombereau fatal.
« Mme Dubarry ! la dernière expression sérieuse des
« romans de Crébillon fils ! » Crébillon fils avait pris un
excellent moyen pour se sauver des mains du bourreau,
pour s'épargner tout remords en voyant passer Mme Dubarry dans le tombereau fatal : — Il était mort en 1777,
et sa femme l'avait précédé dans la tombe en 1761.

Le *Nord*, journal belge, nous donne sur les *Mémoires
du duc de Raguse* un article de M. J. Janin : « Il fau-
« drait remonter jusqu'à l'abbé Prévost, pour ren-
« contrer un historien de la force de l'empereur Napoléon.
« Vous venez trop tard, disait l'abbé Prévost, mon siége
« est fait » — A cela voici ce qu'ajoute M. Henry de
Pène, le spirituel *causeur* de la *Mode nouvelle* : « Que
« dites-vous de l'abbé Prévost, historien, répondant :
« Mon siége est fait, à ceux qui lui apportent trop tard
« des documents précieux. Quel siége ? Celui du cœur
« de Manon Lescaut apparemment. L'abbé Prévost n'en
« a jamais fait ni raconté d'autres, que je sache, à moins
« que l'abbé de Vertot, qu'on avait pris jusqu'ici pour
« un historien, pour l'auteur de l'*Histoire de l'ordre de
« Malte*, etc.... et de la fameuse réponse : Mon siége
« est fait ; à moins que l'abbé de Vertot ne soit le véri-
« table écrivain des amours de Manon et du chevalier
« Desgrieux, tandis que l'abbé Prévost revendiquerait
« les ouvrages précités. C'est alors tout un point d'his-
« toire littéraire à rétablir. »

Plus tard (*Journal des Débats*, 1857) nous retrouvons

M. Janin historien et latiniste : « Laissons parler Tacite..
« que je traduis comme un lettré doit traduire , et voyez
« quel admirable sujet de tragédie Alfieri a manqué là.
« Sous le consulat de Décimius Janius et de Quintus
« Hartérius , Néron (il venait d'avoir seize ans) avait
« épousé Octavie , fille de Claude et d'*Agrippine*; ainsi
« Octavie était, par sa mère, la propre sœur de Néron. » —
Cela peut être traduit en lettré , mais non en historien,
et Tacite qui , avec l'histoire, fait Octavie fille de *Mes-saline* , serait bien étonné.

« Une autre fois, je commandais à la *Gloire* de me
« suivre , disait Jean Bart à Louis XIV ; — elle vous
« obéit, dit le roi ! » (*Journal des Débats*, juillet 1858).
— Le mot est de Duguay-Trouin , et la réponse du roi
est alors exacte : « Aussi, ajoute Thomas après avoir
« raconté la glorieuse anecdote, aussi Duguay-Trouin
« avait-il pour son roi cet amour qui est le premier
« dans un gouvernement monarchique... Ce trait fait
« également l'éloge du prince et du sujet. »

M. Laverdet publie une correspondance entre Boileau et Brossette ; vite, M. Janin y attache une préface ,
tout comme si c'était le détestable roman de *Fanny* ;
dans cette préface, il cite ainsi l'admirable vers de la
Fontaine sur la mort du sage :

Rien ne trouble sa *mort*, c'est la *fin* d'un beau jour

« Où est la délicatesse, où est la poésie, s'écrie l'*Uni-*
« *vers* ? Sa mémoire, dira-t-on, l'a trompé. La mé-

« moire, soit. Mais comment le goût ne s'est-il pas
« révolté, et comment a-t il pu prendre cette brutalité
« et cette platitude pour une grâce et une fleur ? »

En effet, La Fontaine a dit :

Rien ne trouble sa *fin* : c'est le *soir* d'un beau jour.

Et, continue l'*Univers* : « La sérénité règne dans ce
« vers, l'image est gracieuse ; le poète a banni avec
« soin le nom de la mort, qui pourrait éveiller une
« sombre idée..... Ce critique, qui se croit un fin dé-
« gustateur, accoutumé sans doute au vin bleu de la
« Bohême contemporaine, n'est plus sensible aux vraies
« délicatesses. »

« Adélaïde de Bourbon, ôte-moi mes bottes, disait
« ce manant que la fille du régent honorait de ses bontés ;
« cet homme était un drôle à jeter par les fenêtres, et
« son nom est resté parmi les injures : il s'appelait
« M. de Riom ! » *(Journal des Débats*. 14 mars 1859).
Au lieu d'*Adélaïde de Bourbon*, lisez *Louise d'Orléans ;*
au lieu de *fille du régent*, lisez *fille de Gaston ;* au lieu
de *M. de Riom*, lisez *M. de Lauzun* qui, par parenthèse,
était son oncle, et l'anecdote sera exacte. — Ne vous
étonnez pas : elle est signée *Jules Janin*.

Nous avons hâte d'en finir avec les bévues sans nombre de M. Jules Janin ; nous en passons, et des pires. —
M. Janin a la manie des citations ; on peut lui appliquer
le mot de Bayle : « Ce livre est chargé d'un si grand
« nombre de citations, qu'elles offusquent et empêchent

« de voir l'ouvrage de l'auteur. » — Qu'on ne crie pas
au pédantisme : le pédantisme est de citer toujours,
à tout propos et sans propos, à tort et à travers ; que
cette prétention puérile soit du moins appuyée, sinon
sur la justesse, du moins sur l'exactitude, ou de cet
indigeste chaos, de cet étrange tohu-bohu, de cette fatigante accumulation, il ne restera qu'une affectation ri-
sible. — M. Arsène Houssaye nous rapporte un apophthegme de M. Janin : « L'exactitude dans les ouvrages
« d'esprit est le commencement de la sottise. » — Nous
ajouterions, s'il ne s'agissait pas de M. Janin lui-même :
L'inexactitude en est le complément. — Du reste, cette
légèreté, ces airs de mépris, ne nous touchent guère :
O implacable, ô éternel citateur ! Si vous pouviez, si
vous saviez, vous citeriez juste : ce n'est jamais volon-
tairement qu'on fait naître sur les lèvres du lecteur un
sourire ironique.

Le *Journal des Débats* ne laisse pas à M. Janin le monopole des fautes, des erreurs, des bévues ; d'autres
collaborateurs partagent ce privilége : ce n'est que du plus
au moins.

« Pour nous, Bossuet est toujours l'évêque qui a
« fait l'oraison funèbre de Mme Henriette et du grand
« Condé ; mais quand je tiens en première édition
« l'oraison funèbre de Madame prononcée par *l'abbé*
« Bossuet, alors il me semble que ce front sévère s'a-
« doucit, et qu'il y a quelque chose de plus jeune, de
« plus humain, de plus tendre dans cette voix qui

« crie : Madame se meurt ! Madame est morte ! » (*Journal des Débats*, 11 mars 1855. — *Article bibliographique sur la bibliothèque de M Ch. G.**** — signé Edouard Laboulaye). — Il n'y a rien de bien tendre dans ce cri formidable ; on pourrait choisir plusieurs autres passages, fort tendres en effet, dans cette même oraison funèbre ; — puis, pourquoi cette différence entre Bossuet *évêque* et Bossuet *abbé ?* L'oraison funèbre de Madame fut prononcée le 21 août 1670 ; Bossuet était évêque depuis le 13 septembre 1669.

« Jadis, quand on entrait à l'Académie pour avoir fait « un joli madrigal, témoin cet aimable marquis de Saint-« Aulaire, en 1706.» (*Journal des Débats*, 29 mars 1837. — *Revue littéraire*. — Cuvillier-Fleury).

M. Cuvillier-Fleury ne connaît pas bien l'histoire de la famille dans laquelle il brûle d'entrer ; le prétexte de l'admission de Saint-Aulaire à l'Académie fut cette pièce :

O muse légère et facile,
Qui sur le coteau d'Hélicon,
Vintes offrir au vieil Anacréon
Cet art charmant, cet art utile....

Pièce qui motiva la boule noire de Boileau. Quand St.-Aulaire fit son fameux madrigal à Madame la duchesse du Maine, il était âgé de 95 ans ; en 1706, il n'en avait que 63 ; depuis trente-trois ans il était de l'Académie. — Différence, trente-trois ans. — Cette erreur est partagée par M. Alexandre Dumas (*Le Chevalier d'Harmental*) ; par

M. Arsène Houssaye *(Histoire du 41me fauteuil)* ; par M. Delaville (*Le Figaro* du 25 mars 1857).

« Aux yeux de M. Gioberti, Descartes, n'est qu'un fils de Luther, qui lui-même n'est qu'un disciple du siennois Socin, le nouvel Arius des temps modernes. » *(Journal des Débats*, 13 et 14 avril 1857. — *Variétés*. — Ed. Blanc). — De quel Socin s'agit-il? Duquel des deux Luther pouvait-il être le disciple? Le premier (Lélie), naquit en 1525, le second (Fauste), en 1539 ; dès 1517, l'œuvre fatale de Luther avait éclaté ; l'oncle ni le neveu n'y sont pour rien. — Que M. Ed. Blanc s'arrange avec M. Gioberti.

M. Babinet (de l'Institut) est l'une des gloires du *Journal des Débats* ; il en est le Fontenelle, moins l'esprit et la grâce. Le 13 février 1858 *(Bulletin scientifique)*, M. Babinet (de l'Institut), dans un long article qui affecte des airs de légèreté et de persifflage, raille agréablement l'infaillibilité du Pape, tout en se disant : « un pauvre chrétien « fort inoffensif, et qui, même quand il n'y a rien à gagner, « fait profession de catholicisme. » — *Même quand il n'y a rien à gagner*, est fort spirituel et fort méchant ! Nous avons appris, depuis, ce que c'est qu'un *catholique sincère.* — Dans cet article, farci de citations amenées on ne sait pourquoi ni comment, de citations surtout empruntées à Voltaire, M. Babinet, qui ajoute toujours à son nom (de l'Institut), écrit : « Voltaire a cent fois reproché à l'abbé « Abeille son fameux vers :

« Et des pôles brûlants jusqu'aux pôles glacés. »

Pauvre abbé Abeille ! qu'a-t-il à faire là ? — En 1714 , l'Académie couronna une pièce de vers de l'abbé Du Jarry ; Voltaire , qui avait vingt ans, concourut et fut vaincu : « La pièce de Du Jarry, dit La Harpe , n'est pas bonne ; « mais il y a du bon ; celle de Voltaire n'est pas bonne , et « il n'y a rien , absolument rien de bon. On ne devait « couronner ni l'une ni l'autre ; mais dans le cas du choix, « il n'y avait pas à balancer. » — Plus tard même , Voltaire , qui naturellement cria à l'injustice, prit sans façon un beau vers de la pièce de Du Jarry :

> Tandis que les sapins , les chênes élevés
> Satisfont, en tombant, aux vents qu'ils ont bravés ;

et on lut dans *Zaïre* (Act. II , sc. III) :

> Lorsque du fier Anglais la valeur menaçante ,
> Cédant à nos efforts trop longtemps captivés ,
> Satisfit , en tombant , aux lys qu'ils ont bravés.

M. Babinet (de l'Institut) attribue à l'abbé Abeille la sottise physique et géographique de l'abbé Du Jarry, et il la cite mal ; il n'y a pas :

> Et des pôles brûlants jusqu'aux pôles glacés ,

mais

> Pôles glacés , brûlants , où sa gloire connue
> Jusqu'aux bornes du monde est chez vous parvenue.

Le Pape peut , comme le dit si spirituellement M. Babinet (de l'Institut), n'être pas infaillible en météorologie ;

mais M. Babinet (de l'Institut) l'est bien moins encore en citations , en anecdotes littéraires.

« On serait tenté de répéter le mot de Madame Bazile à « J.-J. Rousseau : *Studia la matematica.* » (— *Journal des Débats* , 4 janvier 1859. — *Variétés.*) — Oh non ! la charmante Madame Bazile ne pouvait dire le mot légèrement risqué de la Zulietta de Venise.

« De Visé , accusé d'un examen de *Bajazet* et de *Mi-* « *thridate* , répond que la critique n'est pas si aisée que « Boileau veut bien le dire. » (— *Journal des Débats* , 25 janvier 1860. — *Variétés.* — Louis Passy.—) De Visé n'a pu attribuer ce vers :

La critique est aisée et l'art est difficile ,

à Boileau qui ne l'a pas fait : De Visé était mort en 1710, Boileau en 1711, et Destouches fit *le Glorieux* en 1732. — De Visé ne connaissait pas cette maxime , d'ailleurs fort discutable.

LE CONSTITUTIONNEL.

De tout temps , depuis le 1er mai 1815, jour de sa première apparition, le *Constitutionnel* a joui d'une célébrité à part , *suo genere* , et qui est bien à lui ; c'est à lui qu'on a dû les *Horizons politiques rembrunis* , les *Serpents de mer*, les *Araignées dilettanti*, les Jésuites fesant l'exercice à Saint-Acheul, Charles X disant la messe , le *Vaisseau de l'Etat emporté sur un volcan par les chevaux de l'anarchie* , etc. Sa litterature, digne de M. Prudhomme , fut toujours à la hauteur de sa philosophie et de ses connaissances historiques.

Le 7 juillet 1854 , M. de Césena nous donnait l'histoire de la conférence de Pilnitz (26 août 1791) : — « L'empe- « reur de Russie s'était associé aux vues intimes de l'em- « pereur d'Autriche et du roi de Prusse. » — Un empe- reur de Russie en 1791 ! — M. de Césena, l'admirateur, ainsi que son journal, de Voltaire, de d'Alembert, de Di-

3

derot, n'a pas entendu parler de la *Sémiramis du Nord*,
ou ne sait quand elle a vécu !

17 juin 1856 : — « Le valet de chambre qui se trouvait
« auprès du roi Gustave III lorsque, au bal masqué, ce
« *premier* fut tué d'un coup de pistolet (1792); — C. G.
« Brandstroëm, vient de mourir à Stockolm, à l'âge de
« quatre-vingt-neuf ans. » — Ainsi, Brandstroëm est
mort deux fois, la première en 1792, au bal masqué, la
seconde en 1856, dans son lit.

A propos de phrases bien faites, le même journal disait, le 15 novembre 1854 : — « Messieurs de Lagondie
« et de Dampierre, faits prisonniers en Crimée, se louent
« des égards qu'on a eus pour eux. Après *les* avoir comblés
» d'attentions pendant leur séjour à Sébastopol, ILS ont
« été conduits, sur l'ordre de l'Empereur, à Saint-Péters-
« bourg.... Ils ont été conduits au théâtre ; puis, après
« *les* avoir pourvus de pelisses et de provisions de toute
« nature, ILS ont été dirigés sur Yaroslaw. » — Un
journal russe n'écrirait pas ainsi le français.

Le *Constitutionnel* annonce la mort de l'héroïque mar-
quise de la Rochejaquelein : « Elle était veuve de Henri de
« la Rochejaquelein, tué en 1830. » — Deux erreurs en
une seule ligne : *Henri* et *1850*,

Ce journal nous racontait, au mois d'octobre 1858, les
fêtes célébrées à Limoges, lors de l'inauguration de la
statue de Gay-Lussac ; seulement la statue n'était pas
encore fondue. — L'*Illustration* ne nous donna-t-elle pas
un jour le dessin du lancement d'un vaisseau à Toulon,

vaisseau qui ne fut lancé que quelques mois après? — M. J. Janin ne nous donna-t-il pas l'analyse fort peu bienveillante d'une pièce de théâtre annoncée sur l'affiche, mais dont la représentation avait été retardée? — *Comme on écrit l'histoire.... à Paris !*

Le *Constitutionnel* (mai 1859) : « Robert Pothier est « une des illustrations de la ville d'Orléans, et bien que « sa célébrité soit modeste, en dépit de la *Henriade* qui « n'a pas su le tirer de l'obscurité où elle aurait dû rester « elle-même, jamais statue ne fut mieux méritée que « par cet honnête homme. Vous direz peut-être que cette « manifestation en faveur de la droiture modeste aurait « pu venir un peu plus tôt. Robert Pothier est mort en « 1672, il y a près de deux cents ans. » — Voltaire écrit toujours *Potier* ; Potier de Blancmesnil, président du parlement, mort en 1635, à 94 ans, n'a rien de commun avec le jurisconsulte d'Orléans, Robert Joseph Pothier, à qui sa ville natale vient d'élever une statue. Né en 1699, mort en 1772, comment aurait-il pu jouer un rôle quelconque dans la *Henriade*, au temps de la Ligue ? La ville d'Orléans est bien moins en retard que ne le croit le *Constitutionnel*.

Si ce grand journal n'est pas fort en histoire, il se rattrape sur le style.

(Mars 1859) : « On écrit de Wiesbaden, le 10 mars : « S. A. le duc, se rendant de Biebrich au tir militaire, a « fait une chute de *son* cheval, qui est devenu ombrageux « *par* des voitures venant à sa rencontre. »

(11 Mars) : « Hier, on a retiré d'un puits, sur la route
« d'Arcueil, le corps d'un *soldat* appartenant au 85ᵉ ré-
« giment de ligne ; on *présume* que c'est celui d'un *mili-*
« *taire.* » — *Présume* est bien hasardé :

> En vous voyant sous l'habit militaire,
> J'ai deviné (*bis*) que vous étiez soldat (*bis*) !

(Avril) : « On a procédé aujourd'hui à l'autopsie du ca-
« davre de la dame X... *soupçonnée* d'avoir été assassinée
« dans un but de cupidité.... » Les amis de la dame X...
la croyaient au-dessus d'un pareil *soupçon.*

(15 Mai) : « Le roi de Naples, quoique à la dernière
« extrémité, vivait encore hier. » — Oh ! l'immortel
M. de la Palisse, si bien chanté par Bernard de la
Monnoye !

(15 Juin) : « Hier, à deux heures de l'après-midi....
« l'omnibus du Château-Rouge a eu le *malheur* d'écraser
« un enfant. » — *Malheureux omnibus !*

Etc., etc., etc.

LA PATRIE.

—

La *Patrie* parut en 1841, et dès lors fut surnommée la *Feuille crépusculaire* : — La *Patrie* et le *Constitutionnel* ; — *Arcades ambo !* Nous ne savons à qui, cette fois, Mélibée donnerait le prix.

La *Patrie* du 30 août 1856 avait précédé de deux jours le *Siècle* dans la reproduction de cette nouvelle : — « La « dame veuve Georget a célébré le vendredi 22 août, son « centième anniversaire. Elle est née à Blois le 22 août « 1756 : elle a vécu, par conséquent, sous Louis XIV, « Louis XV, etc. Sa mémoire la sert admirablement pour « raconter les diverses péripéties gouvernementales par « lesquelles elle a passé, à partir surtout de Louis XV, « qu'elle a vu jouer à la paume dans les cours du château « de Blois, et de Madame de Maintenon, dont elle s'est « approchée plusieurs fois au château de Menars. La veuve

« Georget jouit parfaitement de toutes ses facultés intel-
« lectuelles. »

Nous croyons volontiers que la veuve Georget est née en
1756, mais que , *par conséquent*, elle ait vécu sous Louis
XIV, nous nions la *conséquence*. Nous n'admettons pas davantage qu'elle *jouisse parfaitement de ses facultés intellectuelles*, si du moins elle prétend s'être approchée, et
plusieurs fois encore , de Madame de Maintenon , soit au
château de Menars , soit ailleurs : Madame de Maintenon
étant morte le 25 avril 1719, trente-sept ans avant la naissance de la veuve Georget, et Louis XIV le premier septembre 1715 , quarante-un ans avant 1756, il faut que
toutes les facultés intellectuelles de la veuve soient bien
affaiblies , quand elle parle de Louis XIV et de Madame
de Maintenon ; ce n'est peut-être qu'une hallucination ,
une illusion d'optique qui lui fait confondre Louis XV
avec Louis XIV, Madame de Pompadour avec Madame de
Maintenon. La différence est grande , pourtant !

« Les restes mortels du duc de Reischtadt vont être
« transportés à Saint-Denis, à côté de ceux de son *père*. »
(24 juillet 1857). — Est-ce que son dévoûment au second
empire amènerait la *Patrie* à croire que le duc de Reichstadt
est fils de Louis XIV ?

Dans un article du mois de février de la même année, la
même *Patrie* fait de Mexico un port de mer !

En janvier 1858 , elle appelait Bénarès *la ville sainte des
Musulmans*. — Lisons des *Hindous* , et n'en parlons plus.

(3 Mai 1858), *Causeries sur les sciences et l'industrie*,

signé Sam) : « Madame Saqui avait beaucoup vu , et par
« conséquent beaucoup retenu , comme le pigeon de La
« Fontaine. » — Pardon , c'est l'*Hirondelle*, et non le pigeon. (Liv. i. — Fable viii).

Dans un numéro d'avril ou de mai (nous avons perdu la
date), la *Patrie* , traitant de l'alliance des Anglais , représente le grand Condé *lançant son bâton de maréchal
dans les lignes de Rocroi.* — Lisez *Fribourg* au lieu de
Rocroi. — Condé , prince du sang , ne pouvait être maréchal de France.

Au mois d'octobre 1858 , M. d'Audigier, ancien professeur, commence bravement ainsi le récit d'une anecdote : « Priam , fils d'*Anchise* et de Vénus.... » — M. d'Audigier devrait connaître pourtant le fils d'Anchise , *pius
OEneas* , le *Pater Anchises* , et ne pas confondre Enée et
Priam , Anchise et Laomédon !

« A la clarté vacillante des cierges qui jettent partout
« leurs lueurs fauves et rendent plus visibles les ténèbres,
« pour parler comme le vieux Dante... » — (14 février.—
Chronique.— Sam.)— Les *ténèbres visibles* sont de Milton.

Il s'agit de la bataille d'Ivry : « Lorsque les Parisiens
« entendirent gronder le canon qui annonçait que le com-
« bat venait d'être engagé , ils s'empressèrent de monter
« sur les remparts , afin de voir à qui resterait l'avan-
« tage. » — Les Parisiens d'alors devaient avoir les
oreilles bien longues et la vue bien perçante ! L'Ivry de
Henri IV est en Normandie ,

    Près des bords de l'Iton et des rives de l'Eure.

La *Patrie* n'aurait-elle pas confondu avec Ivry, petit village à une lieue de Paris?

Et le style de la *Patrie!* Il ne le cède en rien au style du *Constitutionnel.*

(14 mai 1859) : « Verry, condamné à la peine de mort, « s'est pourvu en cassation ; les sieurs Mallinot et Bau- « din, condamnés dans l'affaire des Petites-Voitures, le « premier à trois mois, l'autre à un mois de la même « peine, se sont également pourvus.... » — Condamnés l'un à trois mois, l'autre à un mois de la peine de mort !

(Janvier). — Accident arrivé sur le chemin de fer Central : « Outre un grand nombre de personnes blessées « plus ou moins grièvement, il y a eu trois morts. Deux « voyageurs ont été *tués* sur place, et l'autre, une jeune « femme, *quelques jours après ! »*

(5 Mars) : « Consultations tous les jours, de 1 heure « à 5. L'appartement est destiné à ne pas se rencontrer.» — Voilà un appartement qui n'a pas la chance de Crom- wel : Un homme s'est rencontré.... O sublime *Patrie!* Nous le répétons : La *Patrie* et le *Constitutionnel, Arcades ambo!* Mais vienne le *Siècle*, ils seront complètement éclipsés.

LA PRESSE.

—

La *Presse* qui a inventé l'abonnement à quarante francs et le roman-feuilleton, qui a eu parmi ses collaborateurs des hommes de talent, Emile de Girardin, Peyrat, Eugène Pelletan, Arthur de la Guéronnière, Moigno, Paulin Limayrac, Théophile Gauthier, Méry, etc., a trop souvent traité en roman les faits de l'histoire.

Le 29 juillet 1849, elle accusait « la compression « d'avoir BRULÉ Galilée, tandis que Galilée créait la « science. »

Dernièrement (17 février 1860), le *Courrier de Paris* écrivait : « Une décision de la Cour de Rome a BRULÉ « Galilée; la postérité proteste contre cette fatale erreur « d'un pouvoir infaillible, et les Papes actuels croient à « la parole du génie que leurs prédécesseurs ont fait « mourir. » — Oh ! non : l'ignorance ne peut aller jusque là, et vous savez ce qui en est !

Le 31 janvier 1855 , M. Paulin Limayrac, ancien membre de la Société *Palingénésique* , rendait compte dans la *Presse* , des *Etudes sur l'histoire du Gouvernement représentatif* , par M. de Carné : « Savez-vous, disait-il , ce « que faisait M. de Montalembert en lançant cette théorie « fort juste en réalité? (Il n'y a de légitime que ce qui est « possible). Il nous montrait la pensée de derrière la tête, « comme dit Montaigne. » — Le mot est de Pascal : « Il « faut avoir une pensée de derrière. » — Pascal avait écrit sur un autre papier : « J'aurai aussi mes pensées de « derrière la tête. »

(11 février 1856), *Revue bibliographique* , par M. A. Peyra : « Rousseau , dans sa lettre à d'Alembert sur les « spectacles, s'indigne contre le *Misanthrope* , parce qu'il « trouve que la vertu y est tournée en ridicule ; avant lui, « au contraire , Louvois, je crois, avait dit d'Alceste : Je « voudrais lui ressembler. » — Louvois n'aurait pu dire cela ; le mot est asssez connu : il est de Montausier.

(La *Presse.* — 17 novembre 1856) : « Le colonel Pei- « relau fut condamné à mort et *exécuté* pour avoir dé- « fendu la Guadeloupe contre les Anglais. » — Le colonel Peirelau est mort quarante ans après son *exécution* , et paisiblement , dans son lit.

(18 février 1857. — *Variétés.* — Isidore Cahen) : « Tous ceux qui ne visent qu'à s'instruire... n'étudieront « plus que dans l'œuvre de M. Poirson cette glorieuse et « trop courte époque (Règne de Henri IV), qui a fini , « comme le songe du *Fabuliste* , par un coup de ton-

« nerre. » — Depuis quand Crébillon est-il *fabuliste*? Car
le songe et le vers sont bien de lui :

> Le flambeau s'est éteint, l'ombre a percé la terre,
> Et le songe a fini par un coup de tonnerre !
>   (ATRÉE ET THYESTE. Act. ii. Scène i.)

(13 avril 1857. — *Variétés.* — Isidore Cahen): « En
« tout cas, je puis dire avec moins d'inconvénient que
« les égorgeurs de la Saint-Barthélemy : Dieu saura dis-
« tinguer les siens. » — Mais le mot eût été absurde dans
la bouche des égorgeurs de la Saint-Barthélemy ; il n'avait
pas là sa raison d'être ; aussi fut-il dit en 1209, au siége
de Béziers, dans la guerre des Albigeois.

Le même M. Cahen prétend que les courtisans de Henri
IV voulaient lui faire contracter un *mariage espagnol*, et
le contraignirent, en *conséquence*, à épouser MARIE DE
MÉDICIS !

La *Presse* du 28 juin 1857 rend compte d'un voyage à
Montpellier : « Ce golfe de Lyon qui baigne de ses ondes
« d'outre-mer la poétique Méditerranée. » — Des *ondes
d'outre mer ! Des ondes qui baignent une mer ! Un golfe
qui baigne une mer de ses ondes !*

(12 juin 1857. — *Mad. Gil-Blas*, par Paul Féval) :
« Madame Gil-Blas annonce que le paquebot à vapeur va
« partir avec la marée. » — Or, la scène se passe à Naples ; à Naples est, du moins nous le croyons, la Méditerranée : — la *marée* de la *Méditerranée !*

Dans un roman intitulé : *Les Compagnons du silence*,

M. Paul Féval nous dit : « Le Vésuve laisse croître , le « long de son flanc refroidi , les vignes ambrées d'où « coule goutte à goutte la sève avare du *Palma-Christi* , « ce vin d'or. » — Nous voudrions que M. Paul Féval essayât de goûter le *Palma-Christi !* On s'en sert pour purger ; il est éminemment *anthelmintique* (mot savant), soit vermifuge , disent les naturalistes , les médecins , les pharmaciens, les lexicographes ; c'est une atroce médecine qui n'a rien de commun avec un *vin d'or*, ni avec le *La-cryma-Christi*.

Dans la *Presse* du 14 janvier 1859, M. Frédéric Thomas répéte *(Courrier du Palais)* une vieille calomnie : « Si « le mari aimait quelque peu sa femme , nul doute qu'il « ne parodiât le mot de Henri IV, en disant : Ma femme « vaut bien une messe. » — Ce mot si fameux ; jamais Henri IV ne l'a prononcé : il est de Sully, et bien mieux placé dans la bouche d'un zélé huguenot qui voyait , avec un si vif regret, son maître changer de religion. On lit dans les *Caquets de l'Accouchée* (édition donnée par M. Edouard Fournier, p. 172-173 , et cités par lui-même, *L'Esprit dans l'histoire*) : « Il est vrai, la hare sent « toujours le fagot ; et, comme disoit un jour le duc de « Rosny au feu Roy Henri-le-Grand, que Dieu absolve ! « lorsqu'il luy demandoit pourquoy il n'allait pas à la « messe aussi bien que luy : *Sire, sire, la couronne vaut* « *bien une messe.*» — Et jusqu'au dernier jour du dernier des siècles, on prêtera cette gasconnade à Henri IV, qui en a dit bien d'autres, mais non en matière si sérieuse.

Et la fausse anecdote marche, marche toujours : « Cette
« cérémonie à laquelle se résigne Henri IV : Paris vaut
« bien une messe. » — (*L'Indépendance belge* du 29 février 1860. — Signé Eraste.) — Mais nous savons qui est
Eraste !

LE MONITEUR.

—

Voici venir le géant des journaux : — Ses assertions historiques ne sont pas toujours officielles, ni par conséquent infaillibles.

Dans le *Moniteur* du 15 janvier 1856, M. Edouard Thierry, et, qui le croirait? M. Cousin *(Revue des Deux Mondes*, à la même date) confondent Antoine Baudeau, sieur de Somaize, auteur du *Dictionnaire des Précieuses* et des *Remarques sur Théodore*, tragédie de Bois-Robert, avec Claude Saumaise, l'adversaire de Milton, l'homme qui devait nous *préparer des tortures.* « Saint-Amant fi-« gure comme alcoviste dans le *Dictionnaire des Précieuses* « de Saumaise, » nous dit M. Thierry. — Dans une note de son article sur Mᵐᵉ de Hautefort, § III, M. Cousin écrit : « Saumaise, le grand *Dictionnaire des Précieuses.* »

« Courage, Athéniens, disait Voltaire, enchanté du

« succès de son *OEdipe*; applaudissez; c'est du Sopho-
« cle ! » — *(Moniteur* du 18 janvier 1860. — *Revue littéraire.*— Edouard Thierry). — En 1718, Voltaire était bien
jeune pour se permettre une pareille plaisanterie; aussi
la remit-il en 1750, lors de la représentation d'*Oreste*.

Le grave *Moniteur* a parfois aussi de grands bonheurs
de style; exemple (27 décembre 1858) : « Une épouvan-
« table explosion a déterminé la mort d'un homme, et
« *compromis celle* de plusieurs autres. »

L'UNION.

—

L'*Union*, que nous aimons, dont nous partageons les
généreux principes, a commis un jour une erreur d'autant
plus étrange qu'elle relevait le plagiat d'un autre journal :
« Puisqu'il s'agit du *Siècle*, disait, le 19 mai 1854, M.
« Emile Fontaine, relevons un singulier larcin que M.
« Eugène Pelletan commet dans les colonnes de ce jour-
« nal. L'érudit publiciste commence ainsi un article sur
« la nouvelle édition de l'*Imitation de Jésus-Christ*, par
« M. de Sacy : Lamartine disait un jour à Béranger que
« l'*Imitation* était le plus beau livre écrit de main d'hom-
« me, après l'Evangile. — Au voleur ! L'écrivain du
« *Siècle* est doublement coupable envers l'auteur des *Mé-*
« *ditations ;* il en fait un plagiaire, et, ce qui est plus
« grave, un anti-chrétien d'assez mauvais goût. Il y a
« déjà fort longtemps que Jean-Jacques Rousseau a écrit

« quelque part : L'*Imitation* est le plus bel ouvrage qui
« soit sorti de la main des hommes, car l'Évangile n'en
« est pas. Était-ce bien la peine de transformer M. de
« Lamartine en païen, pour lui faire dire si mal, ce que
« Rousseau avait dit si bien? » — Or, Jean-Jacques
Rousseau n'a écrit cela nulle part : il copie sans façon
Montaigne et Locke, mais jamais Fontenelle. — Le mot
si connu et toujours cité est de Fontenelle, dans la *vie*
de son oncle Pierre Corneille, et voici la phrase tex-
tuelle : « Ce livre, le plus beau qui soit parti de la main
d'un homme, puisque l'Évangile n'en vient pas. »

Autre erreur, beaucoup moins grave : Dans l'*Union*, du
23 septembre 1859, M. X. Marmier appelle « Campe,
« l'auteur du *Robinson Suisse*, le plus habile, le plus
« populaire de tous les imitateurs de Daniel Foë. » —
Campe a mis en dialogue, pour les enfants, le chef-d'œuvre de Daniel Foë, et n'en a gardé que le fond : le *Robinson Suisse*, si souvent traduit en français, par Mᵐᵉ de
Montolieu, par Jules Lapierre, par Frédéric Muller, etc.,
le *Robinson Suisse* est de M. Wyss. — Les meilleurs esprits se laissant aller à la rapidité de l'improvisation,
tombent parfois dans des erreurs qu'ils éviteraient bien
facilement en interrogeant leurs souvenirs.

4

L'INDÉPENDANCE BELGE.

—

Ici, la moisson est riche ; nous nous bornerons à glaner modestement dans l'un des champs les plus féconds.

« Ainsi jadis , à Orléans, un évêque fanatique con-
« damnait au martyre une héroïne dont il faisait involon-
« tairement une sainte ; aujourd'hui un autre évêque
« d'Orléans prend publiquement et éloquemment la parole
« pour flétrir les persécutions qui ont frappé Jeanne
« d'Arc. L'évêque Dupanloup flétrit l'évêque Cauchon,
« et son discours prend toutes les proportions d'un évé-
« nement. » (12 mai 1855. — *Courrier de Paris*, par
Jules Lecomte). — Le rapprochement serait piquant,
mais il est par trop inexact : — Pierre Cauchon fut évêque de Beauvais, puis de Lisieux, et non d'Orléans ; —
Jeanne d'Arc fut jugée à Rouen , et non à Orléans.

Sous la même signature, dans le même journal (29

mars 1856), nous lisons : « La candidature de M. de Fal-
« loux à l'Académie, opposée à celle de M. Emile Augier,
« de M. J. Sandeau, de M. Aimé Martin... » Le sensible
déiste Aimé Martin, ombre pâle de Bernardin de Saint-
Pierre dont il a si grotesquement écrit la vie, était bien
mort en 1856, lui et ses œuvres ; — n'aurait-on pas confondu avec M. Henri Martin ?

Même journal (17 août 1856). — *Bohémiens et grands
seigneurs*, par M. le comte de Moynier) : « Il abattait en
« marchant les brins d'herbe les plus élevés. Y avait-il
« dans cette distraction, si innocente en apparence, un
« sens caché ? Quelques-uns le supposent peut-être en se
« rappelant l'anecdote de Denys-le-Tyran. » — Vertot,
Rollin, etc.... et nos professeurs d'histoire ont toujours,
et fort méchamment, sans doute, attribué l'anecdote à
Tarquin-le-Superbe ; — mais on a changé tout cela, comme
Sganarelle.

Ceci nous remet en mémoire une allusion savante de
M. Jules Lecomte, déjà nommé : — M. J. Lecomte a écrit
un roman, le *Poignard de Cristal ;* dans ce roman (chap.
IX), on lit : « Il ressemblait alors à ce *Romain* dont le
« renard dévorait le ventre sous la tunique, sans que son
« visage trahît la douleur. » — Il paraît que M. J. Lecomte ignore ces vers stupéfiants de M. Amédée Pommier :

> Ainsi que cet enfant *Lacédémonien*
> Qui, sentant un renard sous sa toge se tordre,
> Le laissa vaillamment le griffer et le mordre,
>   Sans que personne n'en sût rien !

(Janvier 1859) : « On annonce pour la fin de la semaine,
« au Théâtre des Galeries Saint-Hubert, la première re-
« présentation du *Roman d'un Jeune Homme pauvre*, la
» pièce en vogue à Paris, tirée du roman de M. About,
« dont les lecteurs de l'*Indépendance* ne doivent pas avoir
« perdu le souvenir. » — Les lecteurs de l'*Indépendance*
se souviennent que le *Roman d'un Jeune Homme pauvre*,
livre et drame, est de M. Octave Feuillet.

Un journal belge (18 ou 19 mars 1859) *contrefaisait*
ainsi sérieusement, les vers de Boileau :

L'honneur est comme une île escarpée et sans bords,
On n'en peut plus sortir dès qu'on en est dehors.

L'UNIVERS.

—

Si l'*Univers*, qui vient de mourir à la grande joie du *Siècle*, se trompait quelquefois, ce n'était pas du moins sous la plume de M. Louis Veuillot, plume vaillante s'il en fut jamais, exacte et sûre dans ses plus vigoureuses excentricités. — Mais M. Barrier (21 avril 1859) altérait un vers de Boileau :

« Soyez plutôt maçon, si ç'est votre *métier*, »

disait-il, ce qui rime peu avec le vers qui précède :

Son exemple est pour nous un précepte excellent ,
Soyez plutôt maçon , si c'est votre *talent*.

Nous demandons pardon à M. Léon Aubineau de parler de l'*Univers* dans une revue dont le *Siècle* doit faire les principaux frais, mais nous ne pouvons laisser passer ceci sans protestation : « Ce qu'on demande à M. Ubicini, « dans ses notes simples et pertinentes, quand il les met

« auprès d'un des maîtres de la langue, c'est de respecter
« le français. Assurément Voiture n'eût pas souffert qu'à
« côté de lui on eût dit du château du maréchal d'Effiat :
« *Il l'avait hérité ainsi que la seigneurie de Longjumeau*
« *de son grand oncle.* Et il eût soutenu, avec l'Académie,
« dont il fut un des fondateurs, que *hériter* est un verbe
« neutre. » — (1er juillet 1858. — Variétés. — Œuvres
de Voiture.) — Nous n'aimons guère des *notes mises au-*
près d'un des maîtres de la langue, mais ce n'est pas la
question : Le Dictionnaire de (l'Académie 1765) dit :
« *Hériter* est aussi un verbe actif. *Il n'a rien hérité de*
« *son père. — Voilà tout ce qu'il en a hérité. — Il en a*
« *hérité de grands biens. — La vertu est le seul bien qu'il*
« *ait hérité de son père.* » — Wailly : « *Hériter,* verbe
« actif et neutre. » — Féraud s'en rapporte à l'Académie, fait *hériter* actif et neutre, et donne les mêmes
exemples. — Bescherelle ajoute d'autres citations : « C'est
« une maladie qu'il a héritée de sa mère. — La noblesse
« du chrétien consiste dans la grâce qu'il hérite de Jésus-
« Christ (Massillon). — Vous avez hérité ce nom de vos
« aïeux *(Racine).* » — Seulement, M. Bescherelle se
trompe en ce que le vers est de *Corneille (Sertorius,* acte
III , scène 1re). — Nous lisons dans Chateaubriand : « Il
« nourrissait dans son cœur contre les Infidèles la haine
« qu'il avait héritée du sang du Cid. (Les *Aventures du*
« *dernier Abencerrage.)*» — Le plus récent et le plus fort
de nos philologues français, M. B. Lafaye, dans son savant *Dictionnaire des Synonymes,* cite une phrase de

d'Alembert : « Le père de Fléchier avait hérité de ses an-
« cêtres une petite terre qu'il cultivait lui-même. » —
M. Lafaye essaie d'établir une synonymie entre *hériter
une chose*, *hériter d'une chose*; puis il conclut judicieu-
sement : « La règle souffre de nombreuses exceptions,
« parce que, dans tous les cas où la personne dont on a
« hérité se trouve indiquée, l'harmonie exige qu'on ne
« répète point cette particule devant le nom de la chose. »
— Nous faisons grâce de mille autres preuves : question
de pure harmonie. — M. Ubicini est dans son droit;
Voiture aurait souffert, *à côté de lui*, la phrase incrimi-
née. — *Quod erat demonstrandum.*

Des journaux qui occupent le premier rang dans la
publicité sérieuse, nous allons passer aux feuilles rabe-
laisiennes et gauloises; — du canon rayé à l'artillerie
légère.

LE CHARIVARI.

——

(8 janvier 1855. — La *Gloire aux enchères ;* — article signé Louis Huart) : « On venait d'adjuger à quatre-vingts « francs une lettre de Dulaure , l'auteur du *compère* « *Matthieu.* » Dulaure a bien assez de ses propres méfaits d'écrivain , ne le chargeons pas des romans détestables de Dulaurent.

Nous passons sur le style (22 mai 1857), et sur la phrase si logique. « Le Dieu *actuel* est *maintenant* une cigogne. » — Renvoyé à M. de la Palisse ; mais bien que nous ne jugions pas les appréciations , que nous ne nous en prenions qu'aux faits, on nous permettra de signaler ceci : « Voyez ce qui est arrivé à *de* Joseph de Maistre, un des « plus ennuyeux déclamateurs qui aient jamais pesé sur « une littérature moderne. Qui est-ce qui songe à lui « aujourd'hui ? Qui est-ce qui s'amuse à revenir sur un « fatras de longues phrases et d'hyperboles impossibles

« que représentent ses œuvres complètes ?..... On fait ce
« qu'*on* fait Joseph de Maistre et ses imitateurs: on pro-
« duit un peu de bruit, de scandale, et puis, on tombe
« bientôt dans l'oubli le plus profond, dans un gouffre
« où vont s'enfoncer si vite tous les mensonges humains. »
(*Charivari*, 23 avril 1858. — Arnould Frémy). — C'est
grand et fier ! — *Qui songe à J. de Maistre aujourd'hui ?*
— *Qui s'amuse à revenir sur un fatras de longues phra-*
ses ? — Un peu de bruit et de scandale. — Oubli profond,
gouffre, etc... Lorsqu'on juge ainsi, même au simple point
de vue littéraire, un homme tel que de Maistre, on est
jugé soi-même. — Mais Arnould Frémy ! — Attendez
donc ; nous avons vu ce nom quelque part : n'a-t-il pas
signé je ne sais combien de romans qui n'ont fait *ni bruit*
ni scandale, qui ne se sont pas *enfoncés dans le gouffre de*
l'oubli ? N'a-t-il pas eu affaire, à propos *d'un factum*
contre André Chénier, à M. Sainte-Beuve qui le malmena
(1844), et s'amusa fort de le voir confondre le *Riphée*,
montagne ; avec le *Riphée* centaure ; — d'où il suit que
André « n'avait nulle harmonie de couleur antique ? »
— etc... André Chénier, de Maistre ! M. Arnould Frémy
choisit fièrement ses rivaux !

Le *Charivari* est rarement aussi sérieux ; je le préfère
quand il dit (2 février 1859. — *Mon Journal.* — VIII. —
E. Barbier) : « M. Bérard se réfugie à Bourges ;...... c'est
« là, c'est dans la patrie de Cujas et de Jacques Cœur
« que j'ai connu cet aimable homme.... » — Cujas naquit
à Toulouse.

Je le préfère lorsque, fidèle à l'école de M. J. Janin, il nous dit (25 février 1859. — Bulletin du jour) : « Il paraît « que les Anglais se sont emparés d'une île située à l'en- « trée de la mer Noire..... cette île..... s'appelle Perim. » De la mer *Rouge* à la mer *Noire*, la distraction est un peu forte, mais du moins elle est amusante.

J'aime surtout le *Charivari* quand il nous dit (14 dé- cembre 1859. *Olim.* — Carraguel) : « Tarquin qui tint une « conduite si légère avec Virginie. » — *Tarquin* et *Virgi- nie!* — *Appius Claudius* et *Lucrèce!* cela va de soi', et rappelle avec bonheur le *Denys-le-Tyran* de M. Moynier, Denys-le-Tyran abattant, dans l'*Indépendance Belge*, «les « brins d'herbe les plus élevés; » ou le *romain* de M. J. Lecomte qui, dans le *Poignard de cristal*, se laisse, « sans que son visage trahît la douleur, dévorer le ventre « par un renard ! »

LE FIGARO.

—

Contrairement au *Charivari*, le *Figaro* a de l'esprit souvent; mais tout l'esprit possible n'absout pas des fautes, des bévues si faciles à éviter; du moins, lui qui relève si gaîment les erreurs des autres, permet qu'on signale les siennes; — s'il ne le permettait pas, ce serait absolument la même chose.

Prenons et lisons (8 juillet 1855; — *nouvelles à la main.* — Sans signature): « La pièce du *Distrait* est éternelle : « c'est une comédie à cent actes divers..... Nous en con- « naissons un autre qui complique ce défaut par un autre. « Distrait comme le héros de Destouches, il est méfiant « comme le Bartholo de Beaumarchais. » — Distraction : — Destouches n'est pas l'auteur du *Distrait*; — lisez Regnard , 1697.

(18 juin 1855).—M. Villemot enlève à Caumarin un mot

très-risqué pour le donner à l'abbé de Coulanges : « Cau-
« marin a dit une grande folie, » lisons-nous dans Mme
de Sévigné. — Il était plus piquant sans doute de faire un
abbé l'auteur de cette *grande folie*, mais il n'est pas exact
de s'écrier : « Pourquoi l'abbé de Coulanges a-t-il fait un
« si joli mot ? »

Ailleurs : « Ce serait un grand bonheur pour moi, mon
« cher Montespan, bien que Fouquet réclame la biche
« effarée ; ce qui a fait dire à un jeune poète qui aura de
« la réputation :

    « Jamais surintendant trouva-t-il de cruelles ? »

Le vers textuel est et doit être :

    Jamais surintendant ne trouva de cruelles.

En outre, l'auteur ouvre la scène le 6 janvier 1660, et la
VIIIme satire de Boileau n'est que de 1667.

Le *Figaro* du 3 avril 1856 s'amuse, tout comme M. E. de
Mirecourt, dans sa biographie de Mlle Georges, à faire un
abbé de Geoffroy, le célèbre critique : « L'abbé Geoffroy,
« dit l'un, le monarque du feuilleton, comme on l'appe-
« lait alors, essuie au fond de sa loge le verre de sa lor-
« gnette. » — « De ce qu'il avait été abbé, dit l'autre, il
« prit patente d'honnête homme, et garda de son premier
« métier un masque béat, pour couvrir, en les perpétuant,
« ses petites coquineries d'écrivain. » Par malheur pour
de si jolies phrases, Geoffroy n'était pas plus abbé que
MM. de Mirecourt et B. Jouvin ; plus d'une fois, il a
protesté lui-même, dans le *Journal de l'Empire*, contre

ce titre qu'on se plaisait si spirituellement à lui donner.
« Ce peuple..... ne s'étonnant de rien et disposé à croire,
« comme M. de Talleyrand, que tout arrive. » — (19
juin 1856). — Le mot est vieux, il date de la Fronde :
c'est le duc de la Rochefoucauld qui le dit, on sait dans
quelles circonstances, au magistrat Pierre Lenet.

(25 mars 1857. — Au feuilleton. — Le *Diamant des
Poètes*, signé A. Deville) : « Nous trouvons encore un
« nom peu favorisé de Boileau : c'est Quinault.... Mais
« nous laissons ses opéras, nous bornant ici à ce petit
« quatrain qui a son petit prix :

> « Vous n'écrivez que pour écrire,
> « C'est pour vous un amusement ;
> « Moi, qui vous aime tendrement,
> « Je n'écris que pour vous le dire. »

Ce quatrain est de Pradon, à une jeune et jolie gasconne
dont les lettres, au lieu de sentiment, ne montraient que
de l'esprit.

« On cite volontiers de Scarron ses stances à la reine ,
« le sonnet : *Superbes monuments de l'orgueil des hu-*
« *mains*, etc.... mais c'est l'*Enéide travestie* surtout dont
« on a fait le titre principal de Scarron poète, cette
« Enéide où, parmi les ombres des Champs-Elysées, on
« voit :

> « .... L'ombre d'un cocher
> « Qui, tenant l'ombre d'une brosse ,
> « En brosse l'ombre d'un carrosse.

« Telle est la manière de Scarron , le *véritable empereur*
« *du burlesque.* » — C'est bien , en effet , la manière de
Scarron , mais vous chercheriez en vain ces vers dans
toute son *Enéide ;* ils sont de Nicolas , Charles et Claude
Perrault qui , eux aussi , ont travesti l'Enéide. « Cyrano ,
« dit Charles dans ses *Mémoires* (livre 1er), fut si aise de
« voir que les chariots n'étaient que des ombres , de même
« que ceux qui en avaient soin , qu'il voulut absolument
» nous connaître »

Après avoir cité quelques vers de Bossuet , M. A.
Deville ajoute : « Nous savons bien que Voltaire a prêté
« une autre poésie à Bossuet , une chansonnette; mais
« nous avons quelque peine à nous figurer Bossuet auteur
« d'une *faridondaine* , *faridondé.* » — Ce n'est pas à
Bossuet , c'est à Fénelon que Voltaire donne cette chansonnette , laquelle est un *cantique.*—Voyez pages 9-10 de
ce livre : Nous y avons signalé le tour de perfide escamotage que s'est permis l'auteur du *siècle de Louis XIV, des
fragments sur l'histoire* et des MENSONGES IMPRIMÉS.

Voici qui est beaucoup moins grave : « N'est-ce pas là
« un de ces arrêts que , depuis quinze ans, vous for-
« mulez tous les jours contre ceux que Voltaire a placés
« sur cette terre pour nos menus plaisirs ? » (Lettre à M.
de Villemessant, signée Alex. Martin, et que M. de Villemessant a si gaîment imprimée en LETTRES ROUGES.—
31 mai 1857). — Le vers :

Les sots sont ici bas pour nos menus plaisirs ,

est, non de Voltaire, mais de Gresset (*Le Méchant.* —
Acte II. — Scène 1re).

« Au mois de mai précédent, on avait trouve dans
« les rues de Paris le cadavre d'un malheureux poète
« profondément inconnu aujourd'hui, d'un sieur *Viguier...*
« Il ne fut pas dit un mot du meurtre du poète *Viguier.*»
— (4 juin 1857. — Feuilleton. — *Cartouche.* — Signé
B. Maurice). — Ce poète, fût-il aussi inconnu que veut
bien le dire M. B. Maurice, doit être appelé de son
vrai nom, *Vergier.* — Vergier, que Voltaire appelle
« *imitateur faible*, mais naturel de la Fontaine;... qui,
« selon La Harpe, mérite une place dans la mémoire
« des amateurs ; » qui écrivait une charmante épître à
La Fontaine, dans laquelle se trouvent ces vers dignes
de son maître :

> Les soins de sa famille ou ceux de sa fortune
>> Ne causent jamais son réveil ;
>> Il laisse à son gré le soleil
>> Quitter l'empire de Neptune,
>> Et dort tant qu'il plaît au sommeil.
> Il se lève au matin sans savoir pourquoi faire ;
> Il se promène, il va, sans dessein, sans objet,
> Et se couche, le soir, sans savoir d'ordinaire,
>> Ce que dans le jour il a fait.

Jacques Vergier, disons-nous, n'est point inconnu. —
Le 16 août 1720, et non au mois de mai, il venait
de souper chez Madame de Fontaine, lorsqu'il fut attaqué,
au coin de la rue du *Bout-du-monde*, par trois hommes

masqués, et tomba mort. Le chevalier Le Craqueur, de la bande de Cartouche, rompu vif le 10 juin 1722, s'avoua l'auteur du crime, qui n'avait pour but que le vol ; alors s'éteignirent les calomnies qui l'attribuaient au régent, parce que, disait-on, Vergier avait fait une satire contre ce prince. — Fit-il assassiner la Grange-Chancel ?

> Ce bon régent qui gâta tout en France
> (VOLTAIRE)

avait véritablement du bon.

A propos du régent : « Je remarquai deux grands « tableaux représentant des déesses poudrées et à peu « près nues, sur un lit de peaux de tigres. Je lus la « signature du peintre Nathier. Ce sont les filles du « régent, dit le comte, la duchesse de Berri et la « comtesse de Chateauroux..... Le régent avait fait « cadeau de ces portraits à mon grand-père... » — (*Le Figaro* du 6 mai 1858. — *Profils disparus*, par Emile Salié). — Madame de Chateauroux, fille du régent !

« Charles-Michel de l'Epée fut éloigné des fonctions « ecclésiastiques vers lesquelles le portait sa vocation « par les persécutions de l'archevêque de Paris ;.... « mais, revenant bientôt à sa première vocation, il « obtint du neveu de Bossuet, Mgr l'évêque de Troyes, « ce que lui avait refusé Christophe de Beaumont, l'or-« dination et un modeste canonicat. » (24 juin 1858. — *Un drame judiciaire*, par M. Fournier des Ormes). —

Je ne comprends pas bien. — Voyons : Comment l'indigne neveu de Bossuet, Mgr l'évêque de Troyes, mort en 1743, a-t-il pu accorder à l'abbé de l'Épée quelque chose refusée par Christophe de Beaumont, qui ne fut archevêque de Paris qu'en 1746 ?

(11 décembre 1859) : « Ferdinand Langlé a écrit : le « *Camarade de lit*, un *Bas-bleu*, le *Lansquenet*, le « *Sourd ou l'Auberge pleine*, et cent mille pièces amu- « santes et spirituelles. » — De ces cent mille pièces, retranchez au moins le *Sourd ou l'Auberge pleine*, qui est de Choudard Desforges, mort en 1806.

(12 janvier 1860. — *Chronique parisienne*, par Aug. Villemot) : « M. de Talleyrand disait : « Donnez-moi « deux lignes de l'écriture d'un homme, et je me charge « de le faire pendre. » — Encore M. Talleyrand ! Ce mot a été prêté à bien d'autres, il était connu et cité bien avant la naissance du prince-évêque-apostat

« Il n'y poussait que du laurier pour tout potage ; « on n'y buvait que de *l'Hélicon frappé.* » (*Le Figaro* du 1er mars 1860. — *Théâtres.* — B. Jouvin). — Singulière boisson ! Pourquoi ne serait-on pas allé aussi bien sur les *sommets* du *Permesse*, boire du *Parnasse* frappé ou non frappé ?

Mais le chef-d'œuvre du *Figaro* (19 janvier 1860) est dû à M. Paul d'Ivoi, — que nous retrouverons ailleurs : « — Sur ces marécages qui n'avaient pas vu « le soleil depuis qu'ils avaient été labourés pour la « dernière fois par les quatre bœufs du char de Chil-

« péric , des rues nouvelles , larges , aérées , droites ,
« des boulevards immenses , de vastes places, se sont
« alignés fièrement , remplaçant tous ces quartiers
« malsains et sombres que le *Jéricho municipal* a con-
« damnés à une si sage destruction. » — Qu'est-ce donc ?
M. Paul d'Ivoi prend-il le nom d'une ville pour un nom
d'homme ? Croit-il que le général *Jéricho* fit faire six
fois le tour de *Josué* , dont il renversa les murailles au
son de la trompette ? — Le *Jéricho municipal* est bon.

Avant d'aborder le *Siècle* , qui nous réclame , jetons
encore un rapide regard sur quelques feuilles plus ou
moins légères.

En 1855, plusieurs journaux ont reproduit , sans
la moindre observation , ces lignes du *Norfolk-Beacon*,
journal américain : « C'est le vendredi, 2 mars 1496 ,
« qu'Henri VIII, roi d'Angleterre , donna à Jean Cabot
« la commission en exécution de laquelle il découvrit
« l'Amérique du nord. » — Henri VIII aurait , avant
d'être roi , dès l'âge de 5 ans , donné la commission à
Jean Cabot ! — Pas un journal n'a eu la pensée de corriger, et d'écrire : *Henri VII.*

Dans la *Presse Théâtrale* d'octobre 1856, M. Henry
de Langey nous donne une étude, fort remarquable du
reste, sur les devoirs de la critique à l'égard du co-
médien , mais il dit : « La critique, n'en déplaise à
« Boileau, est aussi difficile que l'art. » On a mille
fois répété, toujours inutilement, que ce vers :

La critique est aisée , et l'art est difficile ,

est de Destouches *(Le Glorieux. — Acte II , scène V).*—
A chaque pas nous rencontrons cette erreur : — Dans
l'*Illustration* (20 juin 1857. — *Revue littéraire*) : « La
« critique est aisée et l'art est difficile. Cet axiome clair
« et net de celui qu'on a appelé si longtemps le légis-
« lateur du Parnasse.... Il n'est pas un faiseur de
« vaudevilles , plus ou moins maltraité par les feuil-
« letons du lundi , qui ne se soit couché à l'ombre du
« vers de Boileau , comme Tityre au pied du hêtre. » —
Dans la *Gazette de France* du 20 mai 1857. — Etc. etc...
Toujours et partout.

Les journaux du mois de novembre 1856, nous
disaient, à propos du 90me anniversaire de la naissance
du feld-maréchal Radetzki : « Un seul octogénaire des
« temps modernes a été plus heureux que les précé-
« dents : c'est le maréchal de Villars, qui entreprit,
« dans sa 81me année, la campagne glorieuse de 1733,
« couronnée par la victoire de Denain. » — M. J. Janin
attribue la victoire de Denain à Catinat; mais ceci
vaut tout autant ; car la bataille de Denain ayant eu
lieu 21 ans auparavant , le 24 juillet 1712, elle a diffici-
lement couronné la campagne de 1733.

L'Opinion Nationale, journal récent, qui lutte avec
le *Siècle* et finira peut-être, s'il n'y prend garde, par
l'effacer, nous servait, le 24 octobre 1859, un mot
charmant, digne pendant de cette phrase de Madame
George Sand (*Préface du Chantier*, poésies de Charles
Poncy) : .... « Et, comme *Hérode* , ils ne savent plus

« que se LAVER LES MAINS de toutes les iniquités
« sociales... etc...» — *L'Opinion Nationale* est jalouse
de cette allusion biblique : « Henri réclame ses lettres
« à cor et à cri; on le renvoie de *Ponce à Pilate.*» —
Signé Sarcey de Suttières. — C'est une des belles choses
qui aient été dites. — Nous renvoyons M. Sarcey à
M. de Suttières.

Nous pourrions, en nous promenant ainsi sur ce riche
terrain, cueillir aussi de charmantes fleurs de style.
Qui donc a écrit ceci : « Ma passion renfermée dans
« les liens inextricables d'un cercle vicieux, allait se
« heurtant le front à tous les angles. » — *Les liens d'un*
cercle ! — *Le front d'une passion !* et par dessus tout :
les *angles d'un cercle ! ! !* — Et ceci : « L'agneau a pris
« pour m'écrire une plume de tigre ! — Et ceci : « On
« a trouvé dans la rivière le corps d'un soldat coupé
« par morceaux et cousu dans un sac ; *ce qui exclut*
« *toute idée de suicide.* » — Je le crois bien ; ô nos
maîtres !

A la *Patrie*, on écrit comme suit (1er janvier 1860) :
« La beauté majestueuse de Dona Angela, son carac-
« tère fougueux et ardent, tout en elle avait séduit
« et subjugué le comte; aussi *lui* en voulait-il de
« l'empire que, malgré *lui*, il *lui* avait laissé prendre
« sur sa volonté, et se reprochait-il comme une fai-
« blesse indigne de *lui* la réaction que cet amour avait
« opérée *en lui* à son insu, en *lui* faisant comprendre
« qu'il *lui* était possible encore d'être heureux. »

(*Courrier de Paris*, 22 février 1860. — *Courrier du Palais*, par A. Carré, avocat à la Cour Impériale) : — « On cite cet impromptu que fit Théophile Viau sur « une statue équestre de Henri IV :

> « Petit, gentil, joli cheval,
> « Doux au montoir, doux au descencre,
> « Sans être un autre Bucéphal
> « Tu portes plus grand qu'Alexandre. »

François 1er, prêt à monter à cheval, demanda des vers à Saint-Gelais, qui répondit de suite par le spirituel quatrain attribué si carrément, par le *Courrier de Paris*, à Théophile.

Italiam ! Italiam ! s'écrie Montesquieu en terminant *l'Esprit des Lois* ; je pousse le même cri en abordant l'esprit du *Siècle*. — Parlons-en à notre aise, comme dit encore Montesquieu d'Alexandre, comme dit Chateaubriand de Shakespeare : là, nous trouverons des trésors infinis ; c'est le géant des journaux doctes et spirituels : grande et noble philosophie, immortelles leçons d'histoire, de géographie, de style et de grammaire, de théologie surtout, grâce à M. Louis Jourdan ; religieux et profonds enseignements, consciencieuse exactitude des faits rapportés ; là, nous trouverons tout, nous aimerons, nous admirerons tout. — Heureuse et mille fois heureuse la France qui possède le *Siècle !*

———

LE SIÈCLE.

—

Le *Siècle* date de 1836 : — nous voudrions qu'il eût commencé avec la monarchie française, qu'il eût vécu du temps des Romains, qu'il eût fait partie de leurs *acta*, *diaria* et *diurna*. Que de faits il eût amassés à travers les âges pour nous les transmettre dans leur instructive et persuasive éloquence! — Par où commencerons-nous? — Humble disciple, nous nous attachons à ses pas comme Dante aux pas de Virgile; il sera pour nous

> *Quella fonte*
> *Che spande di parlar si largo fiume.*
> . . . .
> *Vagliami' l lungo studio e 'l grande amore*
> *Che m'han fatto cercar lo tuo volume.*

Lo bello stile trouve là aussi sa place tout naturellement.

Ouvrons la précieuse collection : *(Etudes sur le journalisme)*. — Nous ne pouvons mieux débuter : « — *Le « Journal de Trévoux*.... rend compte de *l'Histoire ecclé- « siastique* de l'abbé de Locdieu, qui devait être plus tard « Son Éminence le cardinal de Fleury. » — Mais si je ne me trompe, Claude Fleury, abbé de Locdieu en 1684, précepteur des ducs de Bourgogne, d'Anjou et de Berry en 1689, confesseur de Louis XV en 1716, auteur de la célèbre *Histoire ecclésiastique*, mort en 1723, n'était pas même parent de — Hercule de Fleury, aumônier de Louis XIV, évêque de Fréjus, cardinal en 1726, mort ministre, en 1743, vingt ans après son homonyme. — Si les *Études sur le Journalisme* sont partout aussi exactes !.... Mais, bah ! c'est une misère : M. J. Janin confond bien les deux Scaliger ; — Calvin, qui ne manquait ni de style ni de science, a bien confondu les deux Senèque, le père et le fils, le rhéteur et le philosophe, et n'en fait qu'un seul personnage ayant vécu plus de 115 ans, ou 140, comme le lui reproche durement Varillas.

(11 Janvier 1851. — *Bourdonnements*, par Alph. Karr) : « On sait bien que Clément XIV, — Ganganelli, — « ne survécut que peu de mois au bref qui, en 1771, « prononça la suppression des Jésuites. » — Et au même article : « Le Dieu des Jésuites, il est vrai, fait « périr Ganganelli aussitôt après le bref qui abolissait les « Jésuites. » Le bref de Clément XIV est, non de 1771, mais du 21 juillet 1773 ; *le Dieu des Jésuites n'eût fait périr Ganganelli* que plus de trois ans après l'abolition

des Jésuites, — ce qui ne devrait pas faire le compte de M. Alph. Karr. — Clément XIV mourut le 22 septembre 1774, un an et deux mois après le bref ; — le *Dieu des Jésuites* ne se pressait pas.

(27 juillet 1854) : « La Révolution a aboli les tortures, « d'où l'innocent sortait brisé comme le coupable. » — C'est une révélation nouvelle : nous avions cru jusqu'à présent que les tortures avaient été abolies par Louis XVI, et bien avant 89 ; — par Louis XVI, dont l'âme bonne, juste et généreuse n'avait pas été sourde au cri de Voltaire : « Daignez vous en occuper, ô Louis XVI, vous qui n'avez « pas de ces distractions ! » — (Voltaire. — *Prix de la Justice et de l'Humanité.* — Article xxiv. — 1777).

(30 janvier 1855. -- *Variétés*, par Louis Jourdan) : « Louis XIV vieillissait.... La vieillesse du grand roi, « son asservissement aux caprices de sa maîtresse.... » — Depuis son mariage avec Mᵐᵉ de Maintenon (1685), nous ne connaissons à Louis XIV aucune *maîtresse* ; — en 1685, Louis XIV n'avait que 47 ans.

— Un simple fait littéraire maintenant : « Quelque « temps après son mariage, Dufresny rencontra Pellegrin, « ce fameux abbé qui avait la prétention de dire la messe « et de faire des comédies, cet abbé sur lequel Boileau a « fait les deux vers suivants :

« Le matin catholique et le soir idolâtre,
« Il dîne de l'autel et soupe du théâtre. »

(22 mars 1854. — Signé : Ch. M. de Fiennes). -- Cherchez

donc dans Boileau! — Ces vers si connus, gravés dans la mémoire de tout le monde, cités par Voltaire dans son *Apologie de la Fable* (ce qui les lui a fait aussi attribuer), ne sont ni de Boileau, ni de Voltaire, mais du très-obscur Ch. Rémy; — son fameux distique a vécu plus longtemps que son nom; ce n'est pas une raison pour les lui enlever; au contraire, car c'est là toute sa fortune.

« Un contemporain de Voltaire, le sage et judicieux « Domat.... » nous dit encore le *Siècle* (juillet 1855), et il ajoute que Voltaire a exercé une grande influence sur Domat; — de là, les épithètes de *sage* et de *judicieux*. — Une petite difficulté pourtant : Domat mourut, selon quelques biographes, en 1695, selon d'autres, en 1696; en 1696, selon Voltaire lui-même, mais toujours un peu trop tôt pour éprouver l'influence de Voltaire, né le 20 février 1694. — Voltaire fut très-précoce sans doute; cependant, à l'âge de un ou deux ans, son influence sur la vieillesse de Domat dut être bien faible. — Du reste, personne ne fut moins *Pré-voltairien* que Domat; aussi nous ne comprenons guère pourquoi le *Siècle*, à moins qu'il ne tienne à son erreur de date et à l'*influence*, l'appelle *sage* et *judicieux*, titres qu'il méritait, mais par des raisons tout opposées.

— (6 janvier 1856. — *Chronique hebdomadaire) :* «Pen- « dant que le fils du tapissier Poquelin donne, avec toutes « sortes d'égards, des coups de bâton aux marquis de « Versailles, Bossuet dit : Dieu seul est grand ! devant « l'homme qui se croyait, comme Alexandre, *fils de*

« *Jupiter.* » — Ce grand mot est de Massillon, devant le
catafalque de Louis XIV. — Du reste, l'écrivain hebdomadaire du *Siècle* y tient, car il avait écrit déjà dans sa
Biographie des Journalistes ; — article : *la Presse,* — cette
même phrase avec ces seules variantes : « Sous Louis XIV,
« pendant que le fils du tapissier Poquelin donne, avec
« tous les égards *et dans les formes les plus polies, de*
« *grands* coups de bâton *à ces aimables* marquis de Ver-
« sailles, *lesquels ne sentent pas même la bastonnade,*
« Bossuet dit : Dieu seul est grand, devant l'homme qui
« se croyait, comme Alexandre, fils *ou petit-fils* de Ju-
« piter. » — Choisissez. — Moi, j'admire surtout la variante suivante : *Fils ou petit-fils* de Jupiter.

M. L. Veuillot a corrigé en ces termes quelques citations
commises par M. Jourdan, à propos d'une circulaire de
l'évêque de Poitiers ; — (M. L. Jourdan, ex-saint-simo-
nien, est le théologal, — M. Proudhon dirait le théolo-
gastre, — du *Siècle*) : — « M. Jourdan consulte deux his-
« toriens qui ne sont pas suspects : le *bon abbé Mézeray*
« est un homme qui n'est pas infecté du virus philoso-
« phique, un père Lachaise, » lequel serait auteur d'une
histoire de saint Louis.

« M. Jourdan nous fait de la peine. Où a-t-il pris que
« Mézeray fut abbé ? Mézeray était laïque, archi-laïque,
« plus laïque que M. Alloury. Avant de se mettre à écrire,
« il fut chirurgien et commissaire des guerres. Comme
« historien, lorsqu'on lui reprochait d'avoir copié les
« fautes de ses devanciers, il répondait que l'ennui d'être

« accusé d'inexactitude était fort au-dessous de la peine
« qu'il fallait prendre pour trouver la vérité. Comme phi-
« losophe, il se targuait de plus d'incrédulité qu'il n'en
« avait, et la sotte vanité du bel esprit le forçait de
« mentir à son cœur.

« Il y a toujours des hommes de cette espèce qui affec-
« tent de ne pas craindre Dieu, pour s'attirer l'estime et
« l'applaudissement des sots. Se voyant malade, il prit le
« parti de faire amende honorable devant ses amis, les
« priant d'oublier ce qu'il avait pu dire autrefois contre la
« religion. Souvenez-vous, ajouta-t-il, que Mézeray
« mourant est plus croyable que Mézeray en santé.
« Tout homme qui a l'honneur de tenir une plume en
« France et qui ose invoquer l'histoire, devrait savoir
« cela.

« Les lecteurs du *Siècle*, qui ne sont pas, pour la
« plupart, de grands bibliographes, vont croire, sur la foi
« de M. Jourdan, qu'il y a une histoire de saint Louis
« écrite par le Père Lachaise, à l'usage des ennemis de
« l'Eglise. Ne cherchez pas ce pâturage, innocent trou-
« peau ! Ce Lachaise, que M. Jourdan prend pour un
« jésuite, est Jean Filleau de Lachaise, janséniste, qui a
« écrit lourdement et frivolement sur les mémoires jan-
« sénistes de Tillemont ; et si vous avez l'étonnante pensée
« d'étudier l'histoire de saint Louis et de son époque,
« prenez d'autres guides. »

Mais tout cela n'est guère qu'une erreur historique, littéraire et bibliographique. — Voici un coup d'éclat qui

rejette tout le reste dans l'ombre : — En octobre 1855, le *Siècle* nous disait, avec un auguste sang froid et sans rien perdre de son sérieux, que « le marquis Andréa, ministre « de Ferdinand de Naples, ne pouvait recevoir ceux qui « avaient affaire à lui quand il célébrait sa *messe maigre*. » « — Mais il faut noter, ajoute le prestigieux journal, que « un bref spécial de S. S. Grégoire XVI, tout en lui ac- « cordant l'autorisation de célébrer, quoique laïque, le « divin mystère, l'avait DISPENSÉ DE CONSACRER « L'HOSTIE. » — DISPENSÉ DE CONSACRER L'HOS- TIE !!! — Nous connaissons bien des divagations, des absurdités, des parodies, des facéties, des coq-à-l'âne, des ignorances plus ou moins philosophiques, mais nous avouons n'avoir jamais rencontré rien de pareil ; — d'un seul bond, le *Siècle* dépasse tous ses maîtres, écrase tous ses rivaux. Il parle de la religion catholique avec la même élévation de langage, la même connaissance de cause, que le savant Calpurnius dans cet admirable ouvrage de Mgr Wiseman : *Fabiola, ou l'Église des Catacombes*. — Calpurnius eût été un excellent rédacteur du *Siècle*. — Le *Figaro* aurait-il raison (18 novembre 1856)? « Ce n'est « pas exagérer que de prétendre que, sur cinq cents au- « teurs, à peine s'il en faut compter cinquante qui ne « soient d'une ignorance phénoménale : ignorance des « lettres, de l'histoire, des mœurs, des passions, de la « langue, de l'orthographe.... » — Le *Figaro* pourtant n'est ni pédant, ni bégueule. — N'importe : acceptons, en toute docilité, les leçons que veut bien nous donner

— non gratis — la presse parisienne ; elles ne nous manqueront jamais, la source est intarissable.

Arrivés à cette hauteur incommensurable, nous ne pouvons que descendre ; mais au pied de la montagne nous rencontrerons peut-être encore quelques pierres précieuses dignes d'attirer nos regards. — Essayons.

— A propos de la *Réforme du commerce des liquides*, le *Siècle* du 25 janvier 1856, enregistre, sans observations, une lettre signée Arthur Subé (marchand en gros à Bercy) : « Monsieur, pendant quarante ans, un homme « d'un grand génie, du pied frappa la terre, et dit, con- « trairement à tous ceux qui l'entouraient : « Et pourtant « elle tourne ! » Ce n'est qu'après la mort de cet homme, « *qui a fini ses jours dans un cachot*, qu'on a consenti à « admettre un système aussi simple que celui qu'il a pré- « senté, et que chacun, à son exemple, a répété : « La « terre tourne ! » — C'est le prendre bien haut à propos du *Commerce des liquides ;* — Petit-Jean ne faisait pas mieux. — M. Arthur Subé (marchand en gros à Bercy) est-il bien sûr que Galilée ait *fini ses jours dans un cachot ?* Qu'il s'arrange, ainsi que le *Siècle*, avec la *Presse* du 29 juillet 1849, avec le *Courrier Français* du 17 février 1860, qui font BRULER *Galilée par la compression*. — Brûlé, mort dans un cachot, c'est tout aussi vrai l'un que l'autre. Puis, représentez-vous Galilée occupé, *pen- dant quarante ans*, à frapper du pied la terre, en s'écriant : Elle tourne !

« Le Dominicain de Bosco ; l'inquisiteur du Milanez,

« l'instigateur de la Sainte-Ligue, le Pape qui approuva
« la Saint-Barthélemy. » — (12 février 1856). — Notez
qu'il s'agit de saint Pie V, mort le 1er mai 1572, tandis
que la Saint-Barthélemy est du 24 août.

Que veut dire le grand théologien, M. Louis Jourdan,
dans la phrase suivante (25 février 1856) : « Le père Mor-
« guez a demandé d'être transporté dans un hôpital pour
« y recevoir les soins qu'exige l'état de sa santé. Le vicaire
« apostolique n'a pas même daigné répondre à sa prière.
« Le vieux prêtre supplie ses gardiens de recevoir sa con-
« fession sacramentelle et le sacrement de l'Eucharistie.
« On lui refuse ces consolations suprêmes. » — Comment
et pourquoi le vieux prêtre suppliait-il ses gardiens de
recevoir le sacrement de l'Eucharistie? Et quelles consolations suprêmes aurait-il eues s'ils avaient consenti à
recevoir ce sacrement?

Mais ceci touche aux beautés de style. Reposons-nous
un instant en contemplant ces merveilles ; allons, comme
les jeunes filles de V. Hugo, cueillir des bleuets dans les
blés ; allons cueillir des pâquerettes dans ces prés fleuris
qu'arrose le *Siècle* de ses eaux limpides et fécondantes ; —
nous reviendrons ensuite à son cours d'histoire, de philosophie et de littérature.

M. Léon Plée écrivait (10 avril 1855.) — (Al. de Hum-
boldt. — *Mélanges de géologie et de physique générale)*,
M. Léon Plée écrivait cette phrase incroyable, dans
laquelle on ne sait ce qu'on doit le plus admirer, de l'harmonie, de la grâce exquise, de la rayonnante clarté :

« Nous sortîmes sans attendre ce par quoi on pouvait le
« contredire, mais plus depuis nous l'avons creusé en
« nous-mêmes, et plus nous l'avons trouvé juste. »

M. Havin est plus mythologique et bien plus poétique
que M. Plée ; il s'agit de la mission du général Canrobert
à Stockholm : « L'opinion publique s'est principalement
« manifestée lors de l'arrivée du général Canrobert, en
« l'honneur duquel les poètes enthousiastes du Nord ont
« allumé les flambeaux de leurs muses. » — Ce qui inspire
à la *Gazette de France* la réflexion suivante : « Voyez-
« vous les poètes allumant les flambeaux des Muses !
« Première question : Les Muses ont-elles des flambeaux ?
« Seconde question : Ces flambeaux sont-ils éteints ?
« Troisième question : Sont-ce les poètes qui allument
« les Muses, ou les Muses qui allument les poètes ? »

(17 juin 1857. — Signé : Havin) : « Les électeurs vote-
« ront suivant leur tempérament ; ils ne seront pas
« *enchaînés* par une *nuance ;* ils se décideront pour celle-
« ci ou pour celle-là. » *Voter suivant le tempérament* est
bien ; une *nuance qui enchaîne* est mieux.

(Février 1858. — *Des races humaines.* — Signé : H. La-
marche) : « Rechercher physiologiquement pourquoi, d'un
« tempérament qui leur permet de travailler sous un froid
« glacial comme sous la chaleur tropicale, et les ferait
« accepter par les Américains comme travailleurs libres
« en remplacement de leurs esclaves, n'était leur penchant
« irrésistible à ne pas se mêler aux populations qui les
« entourent, et pourquoi, doués de beaucoup d'esprit,

« de finesse et d'un goût prononcé pour les lettres, les
« Chinois éprouvent une véritable antipathie contre le
« progrès, et sont, malgré leur dédain de la mort, inca-
« pables de résister à une armée de la race caucasique,
« c'est une entreprise dans laquelle nous n'avons nul
« désir de nous embarquer. » — Ouf! la période est un
peu longue dans sa beauté majestueuse, légèrement en-
tortillée dans sa simplicité; aussi, préférons-nous celle-ci
du même journal (août 1858) : « Onze *cadavres* seule-
« ment ont été retrouvés..... Les efforts pour *les rame-*
« *ner à la vie* ont été complètement *inutiles*; » — ce qui
nous rappelle le *Moniteur* du 27 décembre : « Une épou-
« vantable explosion a déterminé la mort d'un homme, et
« compromis *celle* de plusieurs autres. »

(Février 1859) : « Un incendie vient de détruire la belle
« filature de M. X.... » — Suivent les détails, puis, en
conclusion : « C'est un *triste malheur*, etc.... etc.... »

« Après tout, disait M. L. Veuillot des rédacteurs du
« *Siècle*, ce ne sont point de méchantes gens, et *sauf la*
« *langue*, de méchants Français. »

De son côté, le *Morning Chronicle* nous disait dernièrement (janvier 1860) : « Le *Siècle* est l'organe le plus dis-
« tingué du parti le plus intelligent; » — et il ajoutait :
« Sa sincérité est assez garantie par l'AUSTÉRITÉ DE
« SON STYLE! » — O lecteurs! choisissez.

Rentrons, et pressons-nous encore au pied de la chaire
du *Siècle*. — Spectacle curieux! Le *Journal des Débats*,
le journal de M. J. Janin, donne au *Siècle* une leçon de

géographie (août 1856) : « Le *Siècle*, en parlant de la
« Servie, tombe aujourd'hui dans une méprise assez
« étrange pour être signalée. Ce journal suppose que la
« possession de la ville de Belgrade, en Servie, est en ce
« moment disputée par la Russie à la Turquie. Le *Siècle*
« confond Belgrade avec Bolgrad, petite ville de la Bessa-
« rabie. » — O journal de M. Janin ! entre complices, on
a des égards !

Si jamais on doit être exact et précis, c'est, il nous
semble, quand il s'agit d'*éphémerides ;* — parcourons celles
du *Siècle :*

« (4 janvier 1709). — Commencement du grand hiver
« qui causa de si terribles ravages en France. Pendant que
« la désolation était dans les campagnes, où l'on mourait
« de froid et où les arbres fruitiers gelèrent presque tous,
« La Fontaine fit cette épigramme curieuse à rappeler :

> « Eh quoi ! s'écriait Apollon
> « Voyant le froid de son empire,
> « Pour chauffer ce sacré vallon
> « Ce bois ne saurait-il suffire ?
> « Bon, bon, dit une des neuf sœurs,
> « Condamnez vite à la brûlure
> « Tous les vers des méchants auteurs ;
> « Par là nous aurons feu qui dure. »

(4 janvier 1857. — Eugène d'Auriac).

Malheureusement pour le *Siècle*, heureusement pour
les vers des méchants auteurs du temps, La Fontaine

6

était mort le 12 avril 1695, quatorze ans avant 1709. Son génie pouvait lui faire prophétiser qu'à cette époque, comme toujours, il y aurait beaucoup de méchants auteurs, mais n'allait pas jusqu'à lui inspirer une épigramme à propos de cet hiver fatal.

Autre : — (12 mars 1669). — « Mort du général Le Fort, « homme d'état, amiral de Russie sous Pierre-le-Grand. » — (12 mars 1857. — Eugène d'Auriac). — Pierre-le-Grand, né en 1672, aurait donc eu, trois ans auparavant, Le Fort pour amiral.

« — (1805). — Mort de Greuze (J.-B.), célèbre peintre « français, né à Tournus en 1705. » — (21 mars 1859. — Eugène d'Auriac). — Ce qui donne juste cent ans à Greuze ; lisez né en 1726.

« — (1826). — Mort de Lantier (E.-F.), spirituel et « gracieux écrivain, né à Marseille en 1736. » — (21 janvier 1860. — Eugène d'Auriac.) — Nous pouvons, mieux que personne, affirmer que l'auteur des *Voyages d'Antenor* est né le 1er octobre 1734.

A toutes ces *Ephémérides* singulièrement inexactes, nous préférons de beaucoup celles données par le *Courrier de Paris*.

« 10 février 1825. — Modération de Bolivar. »

« 12 février 453. — Modestie d'Attila. »

A la bonne heure, nous saurons, à n'en pouvoir douter, que le 10 février 1825, Bolivar fut *modéré ;* que, le 12 février 453, Attila fut *modeste.* Cela n'a rien de compromettant pour l'historien ; car quel critique ira s'assurer s'il y a ou s'il n'y a pas erreur de date ; si ce n'est pas , en effet , le 10 février que Bolivar fut modéré, le 12 février qu'Attila, qui ne l'était pas souvent , fut modeste ?

Le *Siècle* (1er septembre 1856), ne pouvait manquer l'histoire de la veuve Georget qui , née en 1756, a vécu , *par conséquent*, sous Louis XIV, et vu plusieurs fois Madame de Maintenon au château de Ménars. (Voir page **41.**)

« En 1500, Charles VIII, passant à Milan , crut devoir « assister à un certain bal. » — (12 février 1857. — *Revue musicale*, signée Gustave Chadeuil). — Mort en 1498, depuis deux ans, Charles VIII n'assista , en 1500, à aucun bal.

Le 13 mars 1860 , M. G. Chadeuil (*Revue musicale*) fait excommunier Savonarole par Alexandre IV.

« Racine n'est pas le seul qui fasse dire à Achille , « comparant les flammes de son amour avec celles qui « embrasèrent Troie :

« Brûlé de plus de feux que je n'en allumai. »

(9 mars 1857. — *Revue bibliographique*, par Hippolyte Lucas). — Racine connaissait parfaitement l'antiquité ; il savait qu'Achille, mort avant la prise et l'incendie de Troie , n'aurait pu commettre cette malencontreuse comparaison , ce malheureux abus de mot ; il les réservait au fils d'Achille , à Pyrrhus (*Andromaque* , acte I, sc. IV). — Quelle *Revue bibliographique !*

Citation libre d'un autre vers de Racine, par M. E. de la Bédollière (avril 1857) :

    « J'embrasse mon rival, mais *pour mieux* l'étouffer. »

La variante est bonne ; POUR MIEUX *l'étouffer*, est charmant.

Autre citation par le même , mais latine cette fois :

    « *Regnum meum non est ex hoc sœculi.* »

(Février 1860). — O M. Janin ! O M. Paul d'Ivoi !
« M. de la Bédollière , dit M. Edmond Texier, a écrit
« à peu près dans tous les recueils littéraires, il a fait de
« tout ; on peut citer de lui des travaux historiques,
« entre autres son *Histoire des Français*; des articles de
« genre , des vers, des chansons, des nouvelles, des ro-
« mans, des traductions de l'Anglais, de l'espagnol
« et même du latin. — .... — Au *Siècle*, il classe les
« archives, complète des collections des journaux, se
« charge de trouver un document et écrit des entrefilets,
« des faits-Paris et des articles de *Variétés*. — Il est à ce
« journal ce qu'il a été partout, un *factotum ;* au de-
« meurant, un excellent homme et un écrivain d'un vrai
« mérite. M. de la Bédollière possède une collection ou
« plutôt un musée de pipes qui fait l'admiration des ama-
« teurs. » — C'est un collaborteur de M. E. de la Bédollière qui nous apprend tout cela. — Oh! les *Frères ennemis* , puisqu'il s'agissait de Racine ! — A nous, person-

nellement, c'est comme poète que s'est révélé M. de la Bédollière; nous n'oublierons jamais les chansons de cet heureux rival de Béranger; chansons anacréontiques qui montrent comme ces bons démocrates prennent philosophiquement la vie à leur aise.

Continuons notre voyage à travers le *Siècle*.

On se rappelle sans doute le bruit que fit un de ses articles annonçant la mort du cardinal Ximénès; il disait : « NÉCROLOGIE. — Le cardinal de Ximénès de Cisteron « vient de mourir à *Alcana* de Henarès (Espagne). » — L'*Univers* demandait : « M. Jourdan veut-il nous dire « quel âge avait le cardinal Ximénès? » — M. Jourdan n'a pas répondu à la question de l'*Univers*, nous le ferons pour lui : — Le cardinal Ximénès, né en 1437, serait mort en 1857, à 420 ans! — Le *Courrier de Paris* ne ménageait pas davantage ses coreligionnaires : « La *Presse* « et le *Siècle*, disait-il, annoncent que le cardinal Ximénès « de Cisteron (Basses-Alpes), *id est*, Cisneros, vient de « mourir à Alcala de Henarès. Lorsqu'on se rappelle que « cet ancien ministre d'Isabelle-la-Catholique fit la guerre « aux Maures, fut le protecteur de Christophe-Colomb et « fit de grandes choses, il y a environ 350 ans, on s'é « tonne qu'il ait fait si peu parler de lui pendant le reste « de sa longue carrière. Renvoyé aux Ephémérides. » — C'était bien hardi de la part du *Courrier de Paris* : oubliait-il donc que son premier rédacteur était M. Félix Mornand, dont le tour viendra plus tard ? — « L'*Univers* « est impitoyable, balbutie dolemment le *Siècle* (8 mai « 1857); il relève avec empressement la mention que « le *Siècle* a faite du décès d'un certain cardinal Xi- « ménès de Cisteron, qui n'a jamais existé, et qu'il con- « fond mal à propos avec le cardinal Ximénès de Cisne- « ros, mort le 8 novembre 1517. La note nécrologique « sur le prétendu cardinal de Cisteron a été empruntée à « un autre journal, et la rapidité avec laquelle se com- « pose une feuille quotidienne explique suffisamment de « pareilles erreurs. » — Le *Siècle* demande merci, et, en effet, il n'est pas le premier auteur de la mirifique nou- velle; l'honneur en est à la *Presse*; la *Presse* ayant lu dans la *Gazette de Madrid* que, le 26 avril, on avait translaté et inhumé les restes du ministre de Ferdinand et d'Isabelle, se mit à parler d'*Alcana* (pour *Alcala*), d'*Al- cana de Henarès*, de Ximénès de Cisteron. Cette haute science d'un confrère éblouit le *Siècle*, qui s'empressa de consigner le fait dans ses non moins érudites colonnes : la *Presse*, le *Siècle*, c'est tout un : *sic fratres Helenæ, lucida sidera !*

Poursuivons : — Si le *Siècle* parle de la lettre de M. Pi- lon sur le fragment de la Tour de Babel offert au sémi- naire de la chapelle de Saint-Mesmin, il place cette cha- pelle en Terre-Sainte.

En août 1857, il imprime en toutes lettres : « l'ESPA- « GNOL Christophe-Colomb. »

On annonce l'invention d'une balle explosible : Cinq malheureux chevaux ont été choisis, malgré la loi Grammont, pour victimes d'essai : l'épreuve a réussi, nous apprend le *Siècle*, et de manière à satisfaire « l'élégante « compagnie convoquée au spectacle de ces cinq *héca-* « *tombes.* » — Jusqu'à présent *hécatombe* avait signifié *cent bœufs*, et, par extension, *sacrifice de cent bœufs*. — Voici maintenant chaque cheval transformé en cent bœufs, et, partant, voici le spectacle de cinq cents chevaux sacrifiés, devant une élégante compagnie, à l'essai d'une balle explosible :

Bon ! cela fait toujours passer une heure ou deux !

Dans un numéro de juin 1858, le *Siècle* fait Manzoni gendre de Silvio Pellico. — Dans un numéro de juillet, il nous dit : « Le vrai bibliomane croit, comme Alexan- « dre, que rien n'est fait tant qu'il reste quelque chose à « faire. » — Lucain a dit cela, non d'Alexandre, mais de César :

Nil actum credens, dùm quid superesset agendum.

« Une seule ligne telle que celle-ci, dit Voltaire, qui « la cite mal, vaut bien assurément une description poé- « tique. » — M. Ch. Caboche (*Magasin de Librairie*, tome VI, 24me livraison, art. *Commynes*), cite aussi ce beau vers, et, le citant comme Voltaire, il le cite mal : « Le

« poète Lucain exprime l'activité toute romaine de César
« par cet admirable vers :

« Nil actum *reputans, si* quid superesset agendum. »
(*Pharsale*, liv. II).

Plus un vers est reconnu admirable, plus il faut prendre garde de l'altérer.

M. Havin accuse l'*Univers* de vouloir revenir à l'*Edit
de Nantes ;* mais il nous semble que l'*Edit de Nantes* ne
peut contrarier en rien M. Havin ni le *Siècle.*

En janvier 1860, le *Siècle* déclarait que si l'héritier de
Louis XVIII avait suivi les errements de son prédécesseurs, il ne serait pas mort à *Holyrood !*

Le *Siècle* dit encore :

« Saint Augustin était féroce quand on ne pensait pas
« comme lui sur le dogme : les Donatistes en savent quel-
« que chose. C'est lui qui a inventé le fameux axiome
« translumineux : *Credo quià absurdum.* » (Le *Siècle*,
20 février 1860. — *Variétés.* — Œuvre du R. P. Lacor-
daire.) — Et le 9 mars 1860 : « Saint Augustin disait :
Credo quià absurdum. » (*Variétés.* — Louis Jourdan).
— Saint Augustin ne combattit les Donatistes que par
les armes de la discussion, de l'éloquence et de la
douceur; — puis, le mot est de Tertullien, dans son
livre de *Carne Christi* (Chap. V), et voici la phrase tex-
tuelle : *Mortuus est Dei Filius ; credibile est quia inep-
tum est ; et sepultus revixit ; certum est quià impossibile.*
— Leibnitz, qui cite ce passage dans son *Discours sur la*

conformité de la foi avec la raison, discours qui précède
ses *Essais de Théodicée*, le considère « comme une saillie,
« comme une expression exagérée qui ne peut être en-
« tendue que des apparences de l'absurdité. » — Il y aurait bien mieux à dire sur ce mot d'une merveilleuse
profondeur ; en général, on l'attribue à saint Augustin ;
Voltaire n'y manque pas.... « de ne pas dire avec saint
« Augustin ; je le crois parce qu'il est absurde ; je le crois
« parce qu'il est impossible. » (*Questions sur les Miracles*. 3me lettre). — Il'y revient dans le *Diner du comte
de Boulainvilliers ;* ce qui prouve que Voltaire n'avait
pas lu, ou avait lu fort légèrement, saint Augustin,
Tertullien, Leibnitz, qu'il cite si souvent.

(21 février 1860. — *La brochure de l'Evêque de Per-
pignan* ; Léon Plée) : — « Depuis saint Pierre jusqu'à
« saint Anastase II, en 496, c'est-à-dire pendant la pé-
« riode où le pouvoir temporel n'existe pas, les cin-
« quante premiers Papes sont successivement sanctifiés ;
« mais ensuite sur les deux cent-vingt et quelques, nous
« en trouverons dix à peine, et la plupart avant les do-
« nations de Charlemagne. Nous ne trouverons que saint
« Paul Ier, en 757, saint Léon II, en 795, saint Pas-
« cal Ier, en 717, saint Léon IV, en 847, et puis après,
« plus rien ! » — Que d'érudition, grand Dieu ! et quelle
leçon d'histoire ! — D'abord, M. Plée pouvait en compter
une soixantaine, depuis saint Pierre jusqu'à saint Grégoire Ier, en 604, période pendant laquelle la succession
des saints fut à peine interrompue. Puis, saint Léon II

est de 683, saint Pascal Ier de 817. — Et quoi? après, plus rien? — Ne parlons pas des souverains pontifes déclarés *Bienheureux;* mais que faites-vous donc, depuis 817, de saint Nicolas Ier (858), de saint Adrien II (872), de saint Léon IX (1049), de saint Grégoire VII (1085), de saint Grégoire X (1276), saint Célestin V (1294), saint Benoît XI (1304), saint Pie V (1572). — *Après, plus rien!* Voilà le peuple bien renseigné !

Le *Siècle* dit encore..................... ......

....

....

Mais il me semble entendre le lecteur s'écrier : le *Siècle* en a dit assez ! Du reste, cette espèce de monopole n'est pas juste : d'autres attendent leur tour.

Eh bien ! nous dirons comme quoi plusieurs journaux, reproduisant la protestation du clergé catholique de Dublin contre les révolutionnaires d'Italie, ont transformé (chef-d'œuvre de traduction!) les TT. RR. *chanoines* Redmon et Cabe en *canons.* — Déjà, l'abbé Vial, traduisant un livre anglais, avait fait placer, par l'archevêque de Cantorbéry, des *canons* dans les stalles de la cathédrale.

Nous dirons que si un jour, sous Louis XIII, le dominicain Coeffeteau, rendit, dans sa traduction de Florus, *Corfinium,* nom de ville, par le capitaine *Corfinius,* la guerre d'Italie a fait lever dernièrement une ample moisson de bévues historiques, géographiques, philologiques, bien dignes de Vial et de Coeffeteau. — *Enrico* Dosena était appelé le *riche* Dosena. — L'avocat Teccio, ayant

signé *Firmato*, devenait *Firmin* Teccio. — Le comte de
Cavour ayant soussigné, *Sottoscritto*, devenait Il signore
Sottoscritto de Cavour : Il signore Sottoscritto, disait-on,
passait à Villanova, à San-Damicano, à Altona, salué
par les mille *vivat* des soldats, dont l'enthousiasme s'ex-
primait en latin. — Nous remplirions pages sur pages. —
« Espérons, s'écriait l'*Armonia*, que, la guerre finie,
« les Français connaîtront un peu mieux notre géogra-
« phie, et estropieront un peu moins notre langue. » —
Elle devait ajouter : notre histoire et la leur.

Or, pendant l'année de grâce et de bévues (1858), —
laquelle n'a pas le droit d'être plus fière que ses sœurs
aînées ou cadettes ; — en 1858, nous nous occupions à
colliger ces simples notes, à lier ensemble ces gerbes si
bien nourries, à recueillir ces pierres précieuses, à col-
lectionner ces diamants, pour les offrir au jour de l'an,
selon notre coutume, à nos Maîtres, car toujours,
comme dit Panurge : « il en est grande année ; » — en
1858, un grand bruit s'est fait entendre : c'était une ré-
volte de professeurs !

M. Paul d'Ivoi relève quelques erreurs de nos éternels
citateurs de phrases latines (cela va droit à M. J. Janin);
mais il tombe lui-même, l'homme au *Jéricho municipal*
(voyez pages 69-70), dans des erreurs impardonnables
chez ceux qui foudroient les fautes d'autrui : « L'autre
« jour, écrit-il, je lisais un feuilleton bardé de citations
« latines ; il y en avait quatre inexactes, deux avec des
« solécismes, et une autre avec un barbarisme, sur huit !

« Une citation exacte sur huit ! » — Bien ! nous comprenons cette indignation généreuse, mais le censeur ajoute : « Le latin a l'habitude d'être écorché comme le lapin de « la cuisinière bourgeoise. Regnard, dans son *Voyage en* « *Laponie*, dit : *Stetimus ubi deficit orbis.* — La *Revue* « *Municipale* prend pour épigraphe une phrase latine dans « laquelle elle fait la même faute : *Lutetia, non urbs, sed* « *ORBIS.* » — C'est M. d'Ivoi qui souligne *orbis*.

Un docteur ès-lettres, licencié ès-sciences, M. B. Jullius, demande la parole : « Le vers entier est celui-ci :

« Hic tandem stetimus, nobis ubi defuit orbis. »

« Et pourquoi souligner *orbis* ? »

M. Paul d'Ivoi.

« Je traversai la place Vendôme où je pus voir sur le « socle de la colonne une belle inscription latine dans la « quelle on appelle la colonne *monumentum*, mot qui, « en latin, veut dire *tombeau*.... »

M. B. JULLIUS.

« *Monumentum* veut dire, avant tout, *ce qui rappelle* » *un souvenir;* il ne signifie *tombeau* que par extension ; « et quand Horace a dit dans ses odes : *Exegi monumen-* « *tum œre perennius*, il n'a certainement pas prétendu « s'enterrer lui-même. »

M. Paul d'Ivoi

« .... Dans laquelle colonne on appelle la campagne

« d'Autriche : *Belli Germanici ;* ce qui veut dire : *Guerre*
« *de Germanicus.* »

M. B. Jullius.

« *Germanicum bellum, Germanicus exercitus, Ger-*
« *manica classis,* a toujours signifié la *guerre,* l'*armée,*
« la *flotte de Germanie;* c'est justement de là que Ger-
« manicus a tiré son surnom ... Il ne faut pas accuser
« des solécismes ou des barbarismes où il n'y a rien qui y
« ressemble. »

Amant alterna Camœnœ, puisque nous en sommes à
parler latin. Cette lutte entre Ménalque-d'Ivoi et Damète-
Jullius se prolonge ; je fais grâce de *vivebo,* de *vivam,* de
vivem, de *Napolio,* etc.

Survient un second professeur, mais qui ne joue pas
le rôle de Palémon, car il décide contre Ménalque en faveur de Damète : « M. Paul d'Ivoi, s'écrie-t-il, souligne
« *orbis ;* c'est donc là une énormité ! Virgile, avant Re-
« gnard, avait dit : *Solis lucidus orbis.* Ovide lui-même
« (nous, profane, nous ne comprenons pas ce *lui-mé-*
« *me), Ingens orbis.* Et Cicéron dit partout : *Orbis ter-*
« *rarum, orbis reipublicœ.* M. Paul d'Ivoi reproche à un
« journal son épigraphe : *Non urbs, sed orbis.* Quel est
« donc le barbarisme? Je n'y entends rien. — *Vivem !*
« Monsieur, *vivem !* où donc avez-vous trouvé ce sub-
« jonctif ? — Le voilà qui passe à la colonne Vendôme :
« *monumentum,* mot, dit-il, qui veut dire *tombeau.*
« Alors, que penser des écrivains latins qui disent par-
« tout : *monumentum* et *monumenta,* dans le sens de

« notre mot français? *Ea antiquissima monumenta me-*
« *moriæ humanæ impressa saxis cernuntur*, dit Tacite.
« Est-ce que ce sont là des tombeaux? Ailleurs, il dit:
« *Scriptores temporum monumenta belli hujusce compo-*
« *suerunt.* Encore des tombeaux, peut-être? — *Belli*
« *Germanici* voudrait dire la *Guerre de Germanicus.*
« Quel est donc, mon Dieu! le latin que sait M. Paul
« d'Ivoi? Qu'il ouvre Tacite, et à chaque page, il verra:
« *Germanicus exercitus; — Germanica classis; — Ger-*
« *manicæ legiones; — Germanica hyberna*, et, enfin,
« *Bellum Germanicum.* C'est du latin, s'il en fut. Oh!
« Monsieur, quelle douleur pour un vieux professeur... »

J'ai cru un moment que le vieux professeur allait ac-
cabler son adversaire sous le formidable argument de
Sganarelle : « Vous n'entendez pas le latin?.. *Cabricias,*
« *arci thuram, catalamus, singulariter, nominativo, hæc*
« *musa*, la muse, *bonus, bona, bonum. Deus sanctus,*
« *est-ne oration latinas? Etiam,* oui. *Quare?* Pourquoi?
« *Quia substantivo, et adjectivum, concordat in generi,*
« *numerum, et casus.* — Et il me semblait entendre
M. Paul d'Ivoi soupirer, comme Géronte : « Ah! que
« n'ai-je étudié! »

L'*Union* des 6 et 7 novembre 1858, à qui sont adressées ces touchantes réclamations, termine ainsi : « Nous
« retranchons la tirade qui pourtant est bien éloquente,
« mais le vieux professeur est en colère.... »

Ah! nous aussi, nous la comprenons, cette sainte colère; dans notre cœur elle trouve un écho, mais tout

ceci est bien long déjà ; il ne nous reste plus qu'à dire ,
avec Palémon , le grand juge :

Claudite jain rivos, Pueri ; sat prata biberant.

LES REVUES.

—

Nous avons épuisé, en faveur des journaux, les trésors de notre indulgence ; nous en aurons moins pour les Revues et pour les livres, dont les auteurs ont devant eux une semaine, quinze jours, un mois, toute une vie de préparation : l'exactitude est chose si facile que l'inexactitude est impardonnable, et livres et revues ne sont guère plus soigneux de leur rédaction que les journaux : on se moque de nous ; nous ne rendons pas dédain pour dédain, mais nous protestons.

A tout seigneur, tout honneur : la *Revue des Deux Mondes*, fondée en 1831 par M. Buloz, est là ; nous la parcourons rapidement, à grandes enjambées, et nous ne donnerons qu'un faible échantillon.

(15 septembre 1855. — *Le Pôle nord et les découvertes arctiques*. — Par M. Auguste Langel) : — « En 1741,

« Pierre-le-Grand, dont la passion pour la marine est
« bien connue, envoie Behring explorer les côtes d'Asie. »
— Pierre-le-Grand était mort depuis 1725.

M. Scudo se trompe dans sa *Revue musicale* du 1er juillet 1855 :

> « Si vous voulez que j'aime encore,
> « Rendez-moi l'âge des amours ;
> « Au crépuscule de mes jours
> « Rejoignez, s'il se peut, l'aurore, »

« a dit Voltaire dans un âge fort avancé. » — Ces vers
charmants se trouvent dans une lettre à Cideville, du 11
juillet 1741 ; — Voltaire avait donc 47 ans, ce qui n'est
pas du tout *un âge fort avancé*. Palissot, lisant ces déli-
cieuses stances dans cette lettre, a cru qu'elles étaient
adressées à Cideville ; elles ont été faites pour Mme du
Châtelet.

M. J.-J. Ampère nous apprend ceci (1er juin 1855. —
L'Histoire romaine à Rome.) : « Dans un passage de *Lu-
« crèce*, que Molière a transporté dans les *Femmes sa-
« vantes*, tous les défauts de la personne aimée sont
« transformés par l'amant en qualités par un mot grec,
« pour leur donner plus de grâce. » — Lisez : Dans un
passage que Molière a transporté dans le *Misanthrope*
(acte II, scène V). — Les plus instruits se négligent. —
Ce que c'est que l'exemple !

> « Et la terre s'accroît par le décroît des eaux,

« vers qui, je crois, est de Chapelain. » (15 septembre

7

1855. — *De la Constitution intérieure du globe ; —* par M. Babinet, membre de l'Institut). — Non, le vers est de du Bartas (*La Sepmaine, ov la Création du monde ; —* second iovr de la semaine), et le texte porte :

Jà la campagne croist par le decroist des eaux,

Beau vers, dit La Harpe, qui ne le cite pas exactement.

— N'est-ce pas M. Babinet (membre de l'Institut) qui, toujours dans la même Revue, avouait qu'il croyait aux miracles, mais seulement quand ils ne contrariaient en rien les lois positives et régulières de la nature ?

M. Babinet (de l'Institut) nous disait encore, dans la même Revue ; — *De l'application des Mathématiques transcendantes :* « Dans la seconde partie du XVIIe siècle, qui « est le siècle de Louis XIV, au moment où Corneille, « Racine, Shakespeare et Milton faisaient revivre la gloire « littéraire de la France et de l'Angleterre, Fermat en « France, Leibnitz en Allemagne, et Newton en Angle-« terre.... » Racine, Milton et Shakespeare contemporains ! Shakespeare contemporain de Leibnitz et de Newton ! Shakespeare dans la seconde partie du XVIIe siècle !

Source inépuisable de leçons d'histoire, de littérature, d'art, de philosophie et de politique, la *Revue des Deux Mondes* offre en même temps de précieux modèles de style ; le numéro du 1er mai 1855 contient une *nouvelle* intitulée : *La Ferme du champ de l'Epine,* signée Charles Toubin, et qui débute par cette phrase magnifique : « Le

« voyageur qui remonte , à partir de la rivière de l'Ain ,
« dont il est un des plus faibles affluents , le ruisseau
« poissonneux de l'Anguillon , arrive , après deux heures
« environ de marche , au village de Chapois. » — Ce
voyageur, qui est *un des plus faibles affluents de la rivière
de l'Ain* , ne vous paraît-il pas charmant ?

LA REVUE CONTEMPORAINE.

—

Elle a paru tard : elle n'est pas plus exacte que ses ri-
vales.

(15 février 1858. — *De la tragédie française depuis
ATHALIE*. — Signé D. Nisard , de l'Académie française) :
« Voltaire veut qu'on ne rime que pour les oreilles. Il
« faut des lois sévères , dit-il ; concession que font tous
« ceux qui vont prendre des licences, mais non un vil
« esclavage. » — Et en note : « Lettre à M. de La Motte,
« auteur de *Mahomet II*. » — Un membre de l'Académie
française est tenu de savoir que *Mahomet II* est de Lanoue,
et non de La Motte.

Les collaborateurs de la *Revue Contemporaine* sont
graves.... mais légers (31 janvier 1859. — *Écrivains
et Orateurs.*— Royer-Collard , par E. Garsonnet) : « A qui
« eût osé lui demander combien il s'estimait, nous n'affir-

« mons pas que Royer-Collard eût répondu comme
« Chamfort : « Très-peu , quand je me considère , »
« mais à coup sûr il aurait eu le droit d'ajouter : Beau-
« coup quand je me compare. » — Déjà, dans feu le
Réveil du 30 janvier 1858 , M. Barbey d'Aurevilly citait
cette fière réponse , et, la citant tout de travers , l'attri-
buait à Mirabeau : « Mirabeau disait , lui , ce grand cy-
« nique : Quand je me compare , j'ai quelque estime
« pour moi, mais quand je m'isole, je me méprise. » —
Ni Chamfort, ni Mirabeau : Regnault de Saint-Jean-d'An-
gely demandait un jour, en public , à Maury, *ce qu'il
pensait donc valoir :* « Très-peu quand je me juge , mais
« beaucoup quand je me compare. »

— *(Revue Contemporaine*, 31 août 1859. — *De quelques
écrits sur la philosophie du Beau. —* J. E. Alaux) : « Il
« ne faut pas s'étonner que Pascal jugeât un poète aussi
« peu utile qu'un brodeur ou qu'un joueur de quilles. »
— Pascal a dit en effet : « Les vrais honnêtes gens....
« ne mettent guère de différence entre le métier de poète
« et celui de brodeur ; » mais il n'a point parlé de *quilles ;*
le mot est de Malherbe à Bordier, qui se plaignait que le
Roi récompensât plus généreusement ceux qui servaient
dans l'armée que les gens de lettres : « C'est fort sagement
« fait ; il y a de la sottise à faire un métier de la poésie ;
« on n'en doit espérer d'autre récompense que son plaisir ;
« enfin un bon poète n'est pas plus utile à l'État qu'un
« bon joueur de quilles. » — Boileau jouant aux quilles,
dans son jardin d'Auteuil avec le fils de Racine , et les

ayant toutes abattues d'un coup , s'écria : « Convenez que
« je possède deux talents bien utiles à la société et à l'État !
« Celui de bien jouer aux quilles , celui de bien faire les
« vers ! » — Boileau copiait Malherbe , comme il avait
copié Horace , Perse , Juvénal et Régnier ; mais Pascal n'y
est pour rien.

— Même Revue , même numéro *(Les Revues anglaises,*
par North Peat) : « Pourquoi l'auteur d'un long article de
« la *Westminster Review* , citant Montesquieu , l'estro-
« pie-t-il en lui faisant dire : « Il faut écorcher un Mus-
« covite pour lui donner du sentiment ? » — Il dit : « Il
« faut les écorcher pour les chatouiller. Ceci nous paraît
« plus spirituel et plus français. » — Qui donc estropie
davantage Montesquieu , la *Revue Contemporaine* ou la
Westminster Review ? On lit mot à mot dans l'*Esprit
des Lois* (livre XIV, chap. II) : « Il faut écorcher un Mos-
« covite pour lui donner du sentiment. » — Nous ne savons si c'est moins *spirituel* et moins *français*, mais c'est
ainsi.

(Revue Contemporaine du 29 février 1860. — *Les Petits
romans du grand siècle*, par A. Claveau.) : « Madame de
« Montespan, dit Mᵐᵉ de Sévigné , est partie de ce monde
« avec une contrition fort équivoque , et fort confondue
« avec la douleur d'une cruelle maladie. Elle a été défi-
« gurée avant de mourir. Son dessèchement a été jusqu'à
« outrager la nature par le dérangement de tous les traits
« de son visage. » — « Mᵐᵉ de Sévigné ajoute que la
« terre manqua presque à sa sépulture. » — Je ne com-

prends pas bien cela, et je supplie **M. A.** Claveau, ou **M. Ars.** Houssaye, puisqu'il s'agit de son livre, de vouloir bien me donner quelques explications. — Voyons : Mme de Sévigné, morte en 1696, raconte les derniers moments de Mme Montespan, morte en 1807 ! M. Claveau lui reproche une omission ! — Je le répète, je ne comprends pas, — à moins pourtant que Dieu n'ait accordé à Mme de Sévigné la même faveur qu'à saint Bonaventure, qui eut l'autorisation de ressusciter un moment pour corriger son dernier ouvrage !

LE CORRESPONDANT.

—

C'est de toutes nos Revues la meilleure, la plus inté-
ressante, celle dont la rédaction est la plus soignée ;
voyons cependant : (25 juillet 1856. — *Bibliographie française*, par Fernand Desportes) : « Quand Mme de Sévigné
« disait : Pardonnez-moi la longueur de cette lettre, je
« n'ai pas eu le temps de la faire plus courte.... » Un
amateur de la bibliographie française doit savoir ce que
tout le monde sait, que ce mot, toujours cité, est de
Pascal : « Mes Révérends Pères, ces lettres n'avaient pas
« accoutumé à se suivre de si près ni d'être si étendues.
« Le peu de temps que j'ai a été cause de l'un et de
« l'autre. Je n'ai fait celle-ci plus longue que parce que
« je n'ai pas eu le loisir de la faire plus courte. » *(Lettres
écrites à un Provincial.* — *Lettre* XVIe. — *Au Post-
scriptum).*

(**25** février 1858. — *Etudes d'histoire religieuse*, *par* *E. Renan.* — Excellent article, signé Foisset) : Lucrèce écrivait :

« Primus in orbe Deos fecit timor. »

Ce fragment de vers est de Pétrone ; — il se trouve aussi dans la *Thébaïde* de Stace (lib. III, vers 661). — L'erreur de M. Foisset est partagée par La Harpe, par M. Proudhon *(De la Justice dans la Révolution et dans l'Eglise :* IIᵐᵉ Etude, chap. II. — § V), et par bien d'autres.

(**25** mars 1858. — Article signé Antoine Latour ; — article remarquable, bien que Béranger y soit surfait) : « Béranger dira presque de Lucien comme La Fontaine « de Malherbe, je crois : Il pensa me gâter. » — Il ne faut pas croire cela : ce n'est pas seulement une erreur de mémoire, c'est un non-sens : La Fontaine appela toujours Malherbe son maître ; son génie poétique s'éveilla à la lecture de l'ode sur l'assassinat de Henri-le-Grand (1605) : « Que direz-vous, races futures ? » — Il n'eût jamais dit de Malherbe : *Il pensa me gâter.* — L'hémistiche s'adresse à Voiture, que La Fontaine avait, dans sa jeunesse, beaucoup admiré ; il se trouve dans une charmante épître à Monseigneur l'évêque de Soissons, Huet (1687). — M. Latour aurait-il ramassé, par hasard, cette erreur dans un vieil article de Dussault *(Journal des Débats.* — 30 novembre 1814 ?)

(**25** avril 1859. — *Mélanges.* — Nécrologie, par M. P. Douhaire) : « L'histoire de cette famille des Schouvaloff

« résume en elle-même ce grand mouvement vers le ca-
« tholicisme : Un Schouvaloff, en 1796, écrit l'*Epître à*
« *Ninon ;* en 1859, un autre Schouvaloff publie en mou-
« rant *Ma Conversion et ma Vocation.* » — Quelle manie
de préciser, quand on ne sait pas ! L'*Epître à Ninon* , en
1796 ! — Mais en 1771 déjà Dorat avait fait une réponse ;
mais le 15 octobre 1773 Voltaire complimentait le comte
de Schouvaloff ; mais le 11 avril 1774, il en parlait au baron Constant de Rebecque ; mais le 16 auguste de la
même année , il écrivait au roi de Prusse : « L'épître à
« Ninon est réellement du comte Schouvaloff. » — Enfin
l'épître, qui circulait depuis longtemps en manuscrit,
fut imprimée à Genève au mois de mars 1774. —
M. Douhaire, si dur au pauvre monde, si âpre dans ses
critiques, a conquis, par ses sévérités, le droit de ne se
tromper jamais ; — il devrait en user, surtout quand il
écrit dans la plus excellente de nos Revues.

LA REVUE DES COURS PUBLICS

ET DES SOCIÉTÉS SAVANTES.

—

Cette Revue, au titre si modeste, a fait quelque temps mon bonheur, mais j'en ai peu joui; elle s'est trop tôt soustraite à mes regards charmés : de légers souvenirs vont me reporter à ces heureux moments.

(4 janvier 1857.) — On cite un article de la *Revue des Beaux-Arts*, signé Georges Guénot : — « Baour-Lormian « convoitait de tous ses vœux le fauteuil académique; un « de ses rivaux, Esménard, auquel on doit le poème de « la *Navigation*, avait eu le malheur de l'emporter sur « lui à un scrutin où il se croyait sûr de la réussite. Le « traducteur d'Ossian lance alors ce sanglant distique digne « de Martial :

« Esménard, dédaignant les routes ordinaires,
« Pour gagner l'Institut, passe par les galères.

« Esménard répond :

> « *Bêtise* entretient la santé :
> « Baour s'est toujours bien porté !

« La riposte valait l'attaque. » — S'il y a , dans l'histoire littéraire des épigrammes , une anecdote bien connue , c'est que Ponce-Denis-Ecouchard Lebrun , autrement dit Pindare , est l'auteur de ces mauvaises épigrammes contre Baour-Lormian :

> *Sottise* entretient la santé,
> Baour s'est toujours bien porté !

> Sottise entretient l'embonpoint,
> Aussi Baour ne maigrit point ;

grossièretés sans esprit et sans sel, qui ne valent pas ce distique du même au même :

> Ci-dessous git Baour, le Tasse de Toulouse,
> Qui mourut in-quarto , puis remourut in-douze.

A de plates injures, Baour-Lormian ripostait :

> Lebrun de gloire se nourrit,
> Aussi voyez comme il maigrit !

« Lebrun , qui s'appelait l'homme des revanches , n'eut « pas la sienne ce jour-là , » dit M. Sainte-Beuve. — Esménard et son triste poème de la *Navigation* n'y sont pour rien ; *Gagner l'Institut en passant par les galères* , n'est nullement *digne de Martial* : — *Bêtise entretient la santé* ne répondrait pas : ce seraient deux grossières platitudes, voilà tout.

La *Tribune scientifique et littéraire* (ne serait-ce pas la *Revue des cours publics et des Sociétés savantes*, revêtant un autre titre?) la *Tribune scientifique et littéraire* écrit ceci (**21** février 1858. — *Faculté des Lettres.* — Cours de M. Saint-Marc Girardin. — *Le Saint-Genest de Rotrou.* — Article signé Nicoulland) : « Nous en trouverons un « exemple dans une des scènes les plus belles de l'excel- « lent roman des *Fiancés.* — Saint Charles Borromée, « archevêque de Milan.... Saint Charles vient rendre un « peu de courage à cette triste population.... Il entre « dans la maison où saint Charles Borromée... » — *Les Fiancés*, *I promessi sposi*, sont une histoire milanaise du XVII⁰ siècle ; saint Charles Borromée, mort en 1584, n'y peut jouer aucun rôle ; il s'agit de son cousin germain *Frédéric* Borromée, mort en 1631. — C'est lire bien légèrement un des chefs-d'œuvre de notre siècle.

(Même Revue, même numéro, même article, — à la note) : « La Madeleine de l'Evangile n'est-elle pas des- « cendue aussi bas que Marguerite Gautier ? Le Christ, « bien avant M. Dumas fils, n'avait-il pas réhabilité la « *Dame aux Camélias?* » — C'est à n'y rien comprendre : non, le Christ n'a point réhabilité Madeleine ni la *Dame aux Camélias ;* il a pardonné à Madeleine, parce que Madeleine se repentait ; — c'est tout confondre : « La « dépravation systématique par vertu, comme Marguerite

« Gautier.... » dit M. Isaac Cahen, dans la *Presse* du 24
février 1858.

Cette même *Tribune* avait fort bien inauguré son premier numéro (31 janvier 1858) : « M. de Loménie, com-
« parant entre eux Fléchier et Bourdaloue, se demande
« pourquoi le premier qui, au XVIIᵉ siècle , balançait la
« réputation de l'illustre ORATORIEN , est aujourd'hui
« si oublié. » — Nous ignorons si M. de Loménie s'est
fait cette question , mais nous savons qu'une *Tribune
scientifique et littéraire* , qu'une *Revue des Cours publics
et des Sociétés savantes* , ne devrait pas enlever aux Jésuites leur plus belle gloire, et faire présent de Bourdaloue aux Oratoriens ; les Oratoriens sont assez riches : ils
ont eu Malebranche, Mascaron , Massillon ; ils ont de nos
jours le Père Gratry. — Cela est signé : Nicoulland , *secrétaire de la rédaction.* — Nous conseillons à la *Tribune
scientifique et littéraire* , si elle existe encore, de changer
de secrétaire.

L'ILLUSTRATION.

—

Paulò MINORA canamus : — Des hauteurs des revues *savantes*, descendons un instant dans des sphères plus modestes.

L'Illustration, journal à images, et malheureusement aussi de texte, est depuis 1843, époque de son apparition, le J. Janin et le *Siècle* des Revues hebdomadaires.

Dans le numéro du 23 janvier 1855, M. Janin confondait les deux Scaliger.

Dans le numéro du 10 mars (même année), nous lisons (*Courrier de Paris*, par Philippe Busoni) : « Mangez un « bœuf et soyez chrétien, disait le R. P. Lachaise au grand « roi, s'accusant de s'être laissé tenter, en plein carême, « par quelques mets hérétiques. » — Le mot, s'il a été dit, a été dit, non par le P. Lachaise, mais par le con . fesseur de MADAME, le rude P. Feuillet (lequel n'était pas

jésuite); non au grand roi, mais à Madame de Montespan
qui jeûnait avec tant de rigueur qu'on pesait son pain
devant elle : « Parce qu'on fait un péché, s'écriait-elle,
« faut-il les faire tous ? » — La réponse fut le mot du P.
Feuillet, si toutefois il l'a prononcé. — On voit la différence ; on voit que, adressé à Madame de Montespan, la
vive et brusque repartie du chanoine de Saint-Cloud aurait
une tout autre portée.

Voici M. Félix Mornand (*Illustration* du 6 janvier
1855 ; *Chronique littéraire*) : « Le malheureux essaie de
« convaincre ; c'est qu'il ne sait pas émouvoir, et, quand
« il aura bien sué sous le harnais oratoire, chacune de ses
« catéchumènes, depuis la fillette jusqu'à la dame mûre,
« lui riant au nez, tiendra le discours de *Nicole* :

« Prêchez, patrocinez jusqu'à la Pentecôte,
« Vous serez *étonné*, quand vous serez au bout,
« Que vous ne m'aurez rien persuadé du tout. »

— D'abord le texte porte : « Vous serez *ébahi*. » Puis,
quelle est cette Nicole ? Il n'y a pas dans tout Molière une
Nicole qui dise un vers. — Vite un erratum, et lisez...
« Tiendra le discours d'*Arnolphe*. » (*Ecole des Femmes*,
acte 1, sc. 1.)

M. Félix Mornand, que nous avons retrouvé plus tard,
tient particulièrement à faire parler en vers une Nicole
quelconque : « Nous pourrons dire, comme Nicole, que
« nous nous inquiétons peu

« *Comme* c'est qu'il les faut faire ensemble accorder. »

(*L'Opinion Nationale* du 29 février 1860.) — Lisez :
« Comme *Martine* , » et

En quoi c'est qu'il les faut faire ensemble accorder. —
(*Les Femmes savantes* , acte II , sc. VI.)

Encore M. Mornand, toujours dans l'*Illustration* : « La
« Harpe est-il bien mort, comme dit Chénier? » — Par-
don, l'hémistiche est de Gilbert (*Le XVIIIe Siècle.* —
Satire à M. Fréron. — 1775.)

(20 décembre 1856. — Article *Nice en 1856*, par Félix
Mornand :

« J'avais *pourtant* juré de laisser là les nonnes ,

« dit quelque part l'auteur de *Vert-vert* , revenant malgré
« lui aux ouailles babillardes du Seigneur. » — M. F. Mornand n'est pas heureux en citations : Il connait à Chénier
un vers de Gilbert , le voici qui donne à Gresset un vers
de La Fontaine , vers qui doit être écrit ainsi :

« J'avais juré de laisser là les nonnes. »
(CONTES. — LIV. IV. Conte XII.)

Ce conte est l'une des plus dégoûtantes saletés du *Bon* La
Fontaine , et les nonnes y jouent un tout autre rôle que
celui d'*ouailles babillardes du Seigneur.*

(11 octobre 1856. — *Chronique littéraire,* — Félix
Mornand.) Nous lisons les lignes suivantes, prises dans un
livre de M. Charles Rozan *(Petites ignorances de la conversation)* : « *Olibrius.* — Parmi les noms qui sont passés
« dans l'histoire, il faut distinguer, entre les plus obs-

8

« curs, celui d'*Olibrius*. C'est le nom qu'on donne, dans la
« conversation familière, à l'homme étourdi et sans va-
« leur qui veut faire l'important. Quand on a dit : c'est un
« *Olibrius*, on a résumé d'un mot toute une série d'injures.
« Il suffit, pour s'en convaincre, de se rappeler qu'Oli-
« brius était un sénateur romain qui fut proclamé Em-
« pereur par surprise, en 472, et que son incapacité le
« fit descendre du trône, après un règne de trois mois. » —
M. Mornand ajoute : « Ces exemples suffiront à faire sentir
« le ton aimable dont M. Charles Rozan remédie à nos
« ignorances, etc.... » — Nous en demandons mille pardons à M. Charles Rozan et à M. Félix Mornand, mais
ce n'est pas cela. M. Rozan a pris sans doute dans le *Dic-*
tionnaire de Bescherelle cette phrase toute faite : « Sé-
« nateur romain, détrôné à cause de son incapacité, au
« bout de trois mois. » Seulement, il a le bon esprit d'a-
jouter : « Sénateur romain, *qui fut proclamé Empereur*
« *par surprise.* » Et il fait bien, car on ne *détrône* pas
un *sénateur*. — Il n'y a pas moins erreur de la part
de ces trois écrivains : — Olibrius, ou plutôt *Olybrius*,
ne *descendit* pas du trône ; délivré de Ricimer, à qui il
devait sa haute fortune, il montra, dès qu'il put ré-
gner par lui-même, du courage, de la piété, du pa-
triotisme ; il eut des mœurs irréprochables. Il épousa Pla-
cidie, sœur de Valentinien III, et mourut paisiblement
dans son lit en 472, sans avoir été détrôné, mais aussi
sans avoir eu le temps de rien faire de mémorable. — Un
autre Olybrius fut consul avec Probinus. — Aucun de

ces deux Olybrius n'a pu mériter qu'on donnât son nom à *l'homme étourdi et sans valeur qui veut faire l'important.* — Mais il y a une légende : Olybrius, gouverneur des Gaules, fit mourir sainte Reine qu'il n'avait pu séduire ; sainte Reine fut l'héroïne de plusieurs tragédies et mystères dans lesquels son persécuteur est représenté comme un fanfaron, un glorieux, un matamore, un *occiseur d'innocents ;* d'où le vers de Molière :

> Faisons l'Olybrius, l'occiseur d'innocents.
>   (L'Étourdi. Acte iii. Sc. v.)

Donc, l'Olybrius du Bas-Empire n'a pu fournir l'expression ; donc, MM. Rozan et Mornand n'ont pas, sur ce point, *remédié à notre ignorance.*

Nouvelle version du mot si souvent attribué à Bossuet : « La maxime de Fénelon : L'homme *avance* et Dieu le « mène, est encore la plus vraie de toutes les philoso- « phies de l'histoire. » *(Illustration* du 7 janvier 1857.— *Chronique littéraire,* par Félix Mornand.) — Le mot est restitué à son véritable auteur ; mais quelle singulière *va- riante :* « *L'homme* AVANCE.... » — Gare M. Edouard Fournier !

(14 février 1857. — *Chronique littéraire,* par Félix Mornand) : « On aime là-bas (au Brésil) Lamartine pres- « que autant que nous-mêmes, et, s'il y va jamais, je « voudrais être Horace pour chanter à Virgile le *Navis re- « ferent in mare te fluctus.* » — Il est bon de savoir

qu'au Brésil nous sommes autant aimés que Lamartine,
mais M. Mornand prend-il donc M. de Lamartine pour
le vaisseau de la république auquel Horace adresse, et
non à Virgile, ces beaux vers ? N'aurait-il pas confondu
avec le *Sic te diva potens Cypris* ?

M. Mornand a depuis quitté l'*Illustration* et nous l'avons
perdu de vue ; mais nous le trouvons encore dans son livre
(La vie de Paris. — II. — Les Cafés) : « Le café passera
« comme le Racine, prophétisait jadis un célèbre bas-
« bleu. » — Il tient à son accusation, car il la répète :
« Je voudrais bien savoir ce qu'en pense aujourd'hui
« Mme de Sévigné. » — D'abord, Mme de Sévigné n'est pas
un *bas-bleu* ; puis, elle ne se serait pas exprimée ainsi :
« *LE Racine ;* — puis enfin, elle n'a jamais dit cela, ni
rien d'approchant. — La fausse assertion est de Voltaire ;
le premier, il a mis en circulation cette sottise : « Elle
« croit que Racine n'ira pas loin. Elle en jugeait comme
« du café, dont elle dit qu'on se désabusera bientôt. »
(Siècle de Louis XIV. — Chap. XXXII.) — Et dans sa lettre
à l'Académie française, en tête d'*Irène :* « Nous sommes
« révoltés de cet esprit misérable de parti, de cette
« aveugle prétention qui lui fait dire que « la mode
« d'aimer Racine passera comme la mode du café. » —
Du moins, dans ses inventions, Voltaire conserve assez
la vraisemblance pour ne pas faire dire à Mme de Sévigné : *LE Racine.* — Ses disciples, La Harpe entre autres,
n'ont pas manqué de répéter le maître : Que répondre à
la *Vérité* du 3 mars 1859 *(Les Cafés monstres,* signé ```) :

« Racine, écrivait Mme de Sévigné, passera comme le
« café. » — A l'*Illustration* encore du 19 novembre 1859
(art. signé Busoni) : « Ce pronostic rappelle celui de Mme de
« Sévigné à propos de Racine et du café. » — A la *Revue des Deux Mondes* (1er décembre 1859. — *Revue Musicale*, signée P. Scudo) : « ...... Ce que Mme de Sévigné
« s'est permis de dire sur le génie de Racine : *Il passera
« comme le café.* » — Ceci est une variante : il ne s'agissait jusqu'à présent que de la *mode* d'aimer Racine ; il
s'agit maintenant de son *génie* même. — On devrait, aujourd'hui qu'on a la prétention de ne pas s'en tenir aux
paroles des maîtres, d'apprendre et de juger par soi-
même, on devrait, avant d'écrire, remonter aux sour-
ces ; — on verrait, dans le cas présent, que jamais Mme de
Sévigné n'a parlé ainsi de Racine ; — si vous doutez,
relisez ses lettres ; la pénitence est assez douce ; — mais
vous ne chercherez pas, vous ne lirez pas, et, à la première occasion, vous accuserez encore Mme de Sévigné
de *manquer absolument de goût*, car le maître l'a dit
*(Catalogue de la plupart des écrivains français qui ont
paru dans le siècle de Louis XIV).*

Reprenons et refeuilletons l'*Illustration* ; la matière
est féconde. — (15 mars 1856. — *Quatre lettres autogra-
phes.* — Art. de M. Saint-Germain Leduc) : « Le curé
Meslier qui mourut en 1729. » — Lisez : « En 1733. »
(6 décembre 1856. — *Les Grotesques, par Théophile Gautier.* — Art. de M. Hermile Reynald). — Dans cet article
plein de vérité, de justesse et de goût, nous trouvons

la citation suivante : « Ce poète (il s'agit de Boileau), ce poète si injurié a pourtant un mérite :

« Son vers, bon ou mauvais, dit toujours quelque chose.

« Je voudrais pouvoir en dire autant de tous les vers « modernes, même de ceux de M. Gautier. » — Nous aussi, bien que Boileau se soit là fort vanté, car parfois son vers ne dit rien du tout; mais ce n'est pas cela dont il s'agit. — Jamais Boileau n'a cru avoir fait un mauvais vers; il eût pu s'écrier comme Santeul : « Si je savais « avoir fait un mauvais vers dans ma vie, je m'irais « pendre à l'instant à la place de Grève ! » — Boileau dit, dans son épitre IX, au marquis de Seignelai :

Et mon vers, *bien ou mal*, dit toujours quelque chose.

Ce qui n'est pas plus vrai, mais ce qui est bien différent.

(18 avril 1857. — *Courrier de Paris.* — Philippe Busoni) : « Bénie soit cette philanthropie de bon aloi « qui sauve l'invention en assurant le pain de l'inven- « teur ! Salomon de Caus et Papin, vos successeurs, « s'il s'en trouve, ne seront plus dévoués à la misère. »— Nous avons lu aussi dans la *Presse* du 7 janvier 1859.— *Variétés.* — J. Lyon : « Nous voulons bien que Salomon « de Caus n'ait rien inventé, mais il a beaucoup cherché, « et la seule récompense qu'il obtint pour ses investiga- « tions scientifiques fut d'être enfermé à Bicêtre parmi « les fous, et de devenir fou. » — Ne pourrait-on en

finir avec cette mystification ? Né en 1576 , mort en 1630, Salomon de Caus ne fut jamais méconnu , ne souffrit jamais de la misère : En Italie, en Angleterre , en Allemagne , en France , on apprécia , on récompensa son mérite. Le prince de Galles lui confia la direction de ses jardins ; la fille de ce prince, Elisabeth, ayant épousé Frédéric V de Bavière , Salomon fut son architecte et son ingénieur, construisit les bâtiments, dessina les jardins de Heidelberg. C'est alors qu'il composa *les Raisons des Forces mouvantes et l'Institution harmonique.* — De retour en France , il eut plus d'une occasion , et il n'y manqua pas, de célébrer les bienfaits de Richelieu , son protecteur : — récompensé de ses travaux , honoré de tous , il mourut paisiblement en Normandie , son pays natal. La persécution , la folie, la lettre de Marion de Lorme , tout cela est de la fantasmagorie bonne pour le drame, qui n'y regarde pas de si près. Dans son éloge de Salomon, M Arago s'est bien gardé de parler de cet emprisonnement à Bicêtre : — Sous Louis XIII on n'enfermait pas les insensés à Bicêtre : Bicêtre était alors , avant l'établissement des Invalides , l'asile des soldats infirmes... La lettre de Marion de Lorme , dit Mme de Girardin *(Lettres parisiennes)*, « est la plus charmante mysti-« fication qu'homme d'esprit ait jamais imaginée, et que « grand journal ait jamais répétée. » —Cette lettre parut pour la première fois dans le *Musée des Familles*, en décembre 1834, et on y crut. — Il serait temps de ne plus exploiter la mémoire de Salomon de Caus, de ne

plus le représenter, dans de détestables gravures, à travers les barreaux d'une prison fantastique; il serait
temps d'étudier l'histoire.... Mais quoi ? le roman, l'histoire, le drame et le mélodrame.... à Paris !

(L'*Illustration* du 3 mai 1857. — *Courrier de Paris.*—
Phil. Busoni) : « On parle de M. Hureau comme le suc-
« cesseur de M. Dureau de la Malle, à l'Académie des
« inscriptions. A propos de cet homme éminent, le fait
« suivant va prouver qu'il était quelque chose de plus
« que le traducteur de Tacite. » — Le traducteur de
Tacite est mort depuis le 19 septembre 1807 ; né en 1742,
il aurait eu, en 1857, cent quinze ans. — N'aurait-on
pas pris le fils pour le père ?

Nous sommes heureux quand nous pouvons attribuer
une bévue à une faute de typographie : L'*Illustration* du
1857, parlant du vapeur le *Cagliari*, parti de Gênes,
le fait relâcher en Sardaigne pour aller à TURIN : — sans
doute *Tunis*.

(20 juin 1857) : — La critique est aisée et l'art est
difficile, *axiome clair et net*, enlevé à Destouches pour
le donner à Boileau, selon la coutume.

L'UNIVERS ILLUSTRÉ.

——

Fils, imitateur et rival de l'*Illustration*, il nous dit
ceci : (25 juin 1859. — *Courrier du Palais*, par J. Raymond) : « Le comte de Lauraguais, qui prit plus tard
« le titre de duc et mourut sous le règne de Louis-Phi-
« lippe.... Il fit de tout.... même une tragédie. » — Né
en 1733, le comte de Lauraguais mourut le 9 octobre
1824, sous le règne de Charles X ; — 91 ans, c'est déjà
bien. — Il fit deux tragédies : *Clytemnestre* (1764) : —
Jocaste (1784) : — Cela est beaucoup moins bien.

(5 janvier 1860) : — Il s'agit de la brochure *Le Pape et
le Congrès*... « On a mis successivement en avant les noms
« de M. le vicomte de la Guéronnière, de Monseigneur
« l'évêque de Troyes, et *même* de Monseigneur Cœur. »
— Impossible de comprendre ce *même*.

(12 janvier 1860. — *Galerie du Palais*. — J. Raymond) :
« M. Freslon a cité un fait curieux.... Montesquieu avait

« composé une Histoire de Louis XI ; il considéra l'His-
« toire comme indigne de lui-même et brûla le manus-
« crit. Si Montesquieu n'eût été ni président , ni gentil-
« homme, s'il n'eût été qu'un pauvre écrivain, s'il n'eût
« point payé son terme, si un propriétaire inflexible
« eût saisi le manuscrit, Montesquieu aurait donc eu la
« douleur de voir vendre et livrer au public un livre
« qu'il jugeait tout au plus propre à allumer son feu ?....
« Et l'Histoire de Louis XI eût peut-être pesé comme
« une lourde tache dans le bagage littéraire de l'auteur
« de l'*Esprit des lois*. » — Il n'y a rien à dire à cette
moralité, sinon que le fait sur lequel elle s'appuie est
inexactement raconté. — Cela ne se passa point ainsi : —
Dans sa dernière maladie, Montesquieu aperçut le brouillon et la copie de son *Histoire de Louis XI* ; il dit à son
secrétaire de brûler le premier ; le secrétaire obéit , et
laissa la seconde sur la table. Montesquieu , s'étant levé
quelques heures après, la trouva sous sa main , la prit
pour le brouillon, et croyant à un oubli de son secrétaire, la jeta au feu. — Perte que n'ont point réparée
Mademoiselle de Lussan ni Duclos : — Montesquieu ne
considérait pas cette œuvre comme indigne de lui : —
Plût à Dieu qu'on eût *saisi son manuscrit !* Ce ne serait
point une *lourde tache pesant sur son bagage littéraire* ,
et nous aurions sans doute, ce qui nous manque , une
Histoire de Louis XI.

LE RÉVEIL.

—

Le *Réveil* est mort dans son jeune âge :

   Quand ils ont tant d'esprit les enfants vivent peu !

Sa carrière fut trop courte, il n'eut pas le temps
d'étudier ; ce grand redresseur de fautes n'eut jamais
le droit de s'écrier : Silence aux fautes, aux bévues !

(2 janvier 1858. — *La Cour et la ville*, par le marquis
de Lauzières) : « Ce que nous n'avons pas bien compris,
« c'est le portrait de Cicéron,

   « Fulminant dans sa prose et rêveur dans ses vers.

« On nous a fait pâlir de longues années sur l'éloquente
« prose de l'orateur romain, mais on ne nous a jamais
« donné son livre de poésies. Nous en voulons à notre
« professeur de latin, homme prosaïque s'il en fut

« jamais. Il prétendait que Cicéron n'avait fait dans sa
« vie qu'un vers, un seul et unique vers, un de moins
« que Malebranche. Le voici :

> « O fortunatam natam. me consule, Romam !

« Il est bien mauvais.» — *La Vérité pour tous* du 7 janvier 1858 dit absolument la même chose : même citation du
mauvais vers attribué à Cicéron, même mention de Malebranche : Eh bien ! *Réveil*, *Vérité*, marquis de Lauzières
et son professeur de latin sont dans l'erreur : « Cicéron,
« dit Voltaire, était encore un des premiers poètes d'un
« siècle où la belle poésie commençait à naître. Il balançait
« la réputation de Lucrèce. » — Et Voltaire traduit en
beaux vers (Préface de *Rome sauvée*) de magnifiques vers
du poème de Marius :

> Sic Jovis altisoni subitò pinnata satelles....

Citons toujours Voltaire : quand il n'est pas égaré par
la passion, il ne laisse rien à dire après lui en fait
de goût. « Pourquoi Cicéron passe-t-il pour un mauvais
« poète ? Parce qu'il a plu à Juvénal de le dire, parce
« qu'on lui a imputé un vers ridicule ...... Je demande
« s'il est possible que l'auteur du beau morceau que je
« viens de citer, ait fait un vers si impertinent ? Il y a
« des sottises qu'un homme de génie ne peut jamais dire.
« Je m'imagine que le préjugé, qui n'accorde presque
« jamais deux genres à un seul homme, fit croire Cicéron
« incapable de la poésie quand il eut renoncé.... etc... »

(30 janvier 1858) : M. Barbey d'Aurevilly attribue à
Mirabeau, nous l'avons déjà dit, page 105, un mot célèbre de Maury.

(12 juin 1858. — *Les Lettres franches*; — sans signature) : « Les grands livres me font peur, a dit quelque
« part La Fontaine. Ses œuvres tiennent en un volume.»
— La Fontaine a dit : *Les longs ouvrages me font peur*,
ce qui n'est pas tout-à-fait la même chose ; — et ses œuvres tiennent en six énormes volumes.

LA VÉRITÉ POUR TOUS.

—

Nous avons nommé la *Vérité pour tous*; voyons si elle a toujours été fidèle à son titre, si elle a toujours été *vraie*; il est bien dangereux parfois de s'annoncer ainsi.

(31 décembre 1857) : « Pends-toi, brave Crillon, disait « Henri IV; nous nous sommes battus et tu n'y étais « pas ! » — Nous profitons de l'occasion pour rétablir le fait : Henri IV n'a pas dit cela, mais du moins la *Vérité* n'ajoute pas, comme on a coutume : « Nous avons com- « battu à *Arques*. » — Ce billet est de l'invention de Voltaire : — Plût à Dieu qu'il n'eût jamais inventé autre chose ! — Lors du combat d'Arques (1589), Crillon était un zélé catholique, fort attaché à Henri III qui venait d'être assassiné (1er août); il n'avait encore servi que dans les armées du roi de France; ce fut huit ans après (1597),

au siège d'Amiens , que Henri IV lui écrivit : « Brave
« Grillon , pendes vous de n'avoir esté icy près de moy
« lundy à la plus belle occasion que se soit jamais veue
« et qui peut-estre se verra jamais. Croyes que je vous
« y ay bien désiré. Le cardinal nous vint voir fort fu-
« rieusement, mais il s'en est retourné fort honteuse-
« ment. J'espère lundy prochain être dans Amiens.....
« Il n'y manque que le brave Grillon qui sera toujours
« le bien venu et veu de moy. » On a l'autographe de
ce billet (*Lettres missives de Henri IV.* — Tome IV. —
p. 828.) — On n'a jamais pu trouver le billet cité par
Voltaire, billet impossible à la date du combat d'Arques.
Voltaire ajoute : « Adieu, brave Crillon ! Je vous aime
« à tort et à travers. » — Il a tout confondu et, comme
toujours, la foule a suivi.

La *Vérité* nous a servi souvent, comme nouvelles,
les plus vieilles anecdotes, imitant en cela nos chroniqueurs de chaque jour, qui découpent leurs chroniques
dans les ana et les almanachs.— Exemple :

(13 mai 1858) : Il s'agit de la souscription Lamartine :
« Je suis sûr que ce roi de la banque juive n'a pas
« donné un rouge-liard. — Si fait, répondit un autre
« personnage, il a donné vingt francs. — Je ne l'ai pas
« vu, dit un troisième, mais je le crois. — Survint
« maître Crémieux : moi, dit-il, je l'ai vu, mais je ne
« le crois pas. » — Certes, maître Crémieux a trop d'esprit pour plagier ainsi, pour donner comme sien le mot
de Fontenelle sur le président Roze.

Autre exemple (6 mai 1858) : « Charles Monselet ren-
« contre Champfleury sur la place du Carrousel. L'au-
« teur des *Bourgeois de Molinchard* marchait très-vite
« devant l'auteur des *Chemises rouges*, avec un énorme
« manuscrit sortant à moitié de la poche de sa redingote.—
« Ah ! s'écria Monselet, en lui frappant sur l'épaule, si
« on ne te connaissait pas, comme on te volerait ! » —
Nous dirons de M. Monselet ce que nous avons dit de
maître Crémieux : Il a trop d'esprit pour voler un mot
de Rivarol à Florian. — Ah ! pauvres chroniqueurs,
pourquoi chroniquez-vous ? — C'est donc là un bien bon
métier ? — Notez que dans ce même numéro de la *Vérité*,
un des rédacteurs, M. Paul Aubry reproche à M. Paul
d'Ivoi (l'homme au *Jéricho municipal*) « de chercher à
« rajeunir une anecdote et à se l'approprier ; — du moins,
« ajoute-t-il, devrait-il y montrer plus d'habileté dans
« son choix. Celle qu'il nous a donnée ces jours-ci, est
« âgée de plus de cinquante ans. » — Et celles que nous
venons de citer donc ?

Ils sont tous ainsi. — Voyez le joyeux *Tintamarre*
(28 août 1859) : « On proposa dernièrement à Edouard
« Houssaye d'acheter un magnifique cheval.... Exami-
« nez, on m'assure que cette bête est arabe. — Arabe,
« cet animal-là, répondit le maquignon qui est israélite ;
« allons donc ! il est chrétien comme vous et moi ! » —
Que faites-vous donc de la vieille épigramme rimée par
J.-B. Rousseau :

Un maquignon de la ville du Mans
Chez son évêque était venu conclure
Certain marché de chevaux bas-normands .
Que l'homme saint louait outre mesure :
Vois-tu ces crins ? vois-tu cette encolure ?
Pour chevaux turcs on les vendit au roi.
— Turcs, monseigneur ? A d'autres ; je vous jure
Qu'ils sont chrétiens ainsi que vous et moi.

« M. Billion disait avant-hier : « Je voudrais connaître
« un pays où l'on ne mourût pas , pour y aller finir
« mes jours. » — (Le *Tintamarre*, du 19 février 1860.)
— Avant-hier ! — Rappelez-vous donc ce vieux, et très-
vieux distique :

S'il était un pays où l'on vécût toujours,
J'irais avec plaisir y terminer mes jours !

O vous qui ne recevez pas , vous à qui échappent les
journaux *enrichis* des chroniques du jour, ne vous dé-
sespérez point : — parcourez au hasard nos almanachs
littéraires : feuilletez surtout Chamfort, et vous n'aurez
rien à regretter :

Si par malheur un jour son livre était perdu ,
A le chercher bien loin , passant, ne t'embarrasse :
Tu le retrouveras tout entier dans Horace.

(REGNARD. — *Le Tombeau de Boileau Despréaux.*)

LE MAGASIN DE LIBRAIRIE.

—

Revue récente, et toute voltairienne.

(Tome 1er, — 4e livraison. — P. 576. — *Christine de Suède*, par Paul Boiteau) : « Vers 1679, Christine s'é-« veille un matin moliniste. Molinos était persécuté : « en fallait-il davantage ? Elle lui envoya des plats de sa « cuisine dans les prisons du Saint-Office.... » M. Boiteau confond *molinistes* et *molinosistes* ; si Christine se fût réveillée *moliniste*, elle eût été disciple de Louis Molina et non de Michel Molinos ; — ce n'est pas la même chose.

(Tome V. — 17e livraison. — P. 105-106. — Notes sur *les Mémoires de Louis le Gendre*) : « Mme de Sévigné « parle en ces termes de M. de Harlay..... Il s'agit main-« tenant de trouver quelqu'un qui se charge de l'oraison « funèbre du mort. On prétend qu'il y a deux petites « bagatelles qui rendent cet ouvrage difficile, c'est la vie

« et la mort. — Lettre du 12 août 1695... » — Ce n'est pas Mme de Sévigné qui a dit cela ; elle était alors à Grignan ; puisqu'on citait la date de la lettre , il était aisé de voir l'en-tête : *Madame de Coulanges à madame de Sévigné.*

Plus loin (page 111), nous trouvons cette note naïve : « Le prêtre *régulier* est celui qui a embrassé une règle ; « le prêtre *séculier* est celui qui n'est ni religieux ni cha- « noine régulier. » — N'avez-vous pas eu entre les mains, dans votre enfance, une édition des Fables de La Fontaine *enrichie* de notes ? N'avez-vous pas remarqué jusqu'où va la bienveillance du bon commentateur ?

> La cigale ayant chanté
> Tout l'été....

Un astérisque à Été ; puis au renvoi : « *L'Été*, une des « quatre saisons de l'année... »

« Horace, qu'il n'est pas mal à propos de citer en « commençant une *Revue Critique*, a dit avec raison : « *Habent sua fata libelli.* » (*Le Magasin de Librairie.* — Tome IX. — 34me livraison. — 25 mars 1860. — *Œuvres de Voiture.* — Par Charles de Mouy.) — M. de Mouy est-il bien sûr qu'Horace a dit cela ? — Voyez page 24 de notre livre.

Parcourons rapidement quelques autres Revues.

Les annales catholiques de Genève, l'une des plus utiles publications qui soient au monde , dit (VIIIme année , n° 1.

— Mai 1859. — Revue du mois) : « Nous répéterons avec
« confiance le mot de Bossuet : *L'homme s'agite, et Dieu*
« *le mène.* » — Et nous, nous répéterons, pour la centième fois, que le mot est de Fénelon (*Sermon pour la
fête de l'Épiphanie. —* 1er point.) Nous ne pouvons résister au désir de citer le beau passage où ce grand mot est
si merveilleusement encadré... « Que vois-je depuis deux
« siècles ? Des régions immenses qui s'ouvrent tout-à-
« coup ; un nouveau monde inconnu à l'ancien, et plus
« grand que lui. Gardez-vous bien de croire qu'une si
« prodigieuse découverte ne soit due qu'à l'audace des
« hommes. Dieu ne donne aux passions humaines, lors
« même qu'elles semblent décider de tout, que ce qu'il
« leur faut pour être les instruments de ses desseins :
« ainsi l'homme s'agite, mais Dieu le mène. La foi plan-
« tée dans l'Amérique, parmi tant d'orages, ne cesse pas
« d'y porter des fruits. »

La *Chronique Parisienne* du 29 mars 1859, reproduit le
Regnard du docteur L. Véron : « A la mort de Boileau,
« l'aversion qu'éprouvait pour lui l'auteur des *Ménechmes*
« reprit le dessus, et il ne craignit pas de publier la plus
« vive, la plus cruelle satire contre celui qui ne pouvait
« plus répondre. Dans cette satire, ayant pour titre : *Le
« Tombeau de Boileau Despréaux...*» Or, Regnard mourut
en 1709, deux ans avant Boileau (1711.) — Rappelez-vous
(nous l'avons dit, page 14), rappelez-vous la vertueuse
indignation de La Harpe reprochant à Voltaire (mort en
1778) d'avoir attendu, pour insulter Frédéric de Prusse

(mort en 1786), que ce prince au tombeau ne fût plus à craindre !

La même *Chronique* reproduit (16 mars 1860) un article du *Journal amusant* , article signé Philibert Audebrand : « Je n'ose vous parler du conte de Voltaire : *Comment* « *l'esprit vient aux filles.* » — Voltaire n'a jamais fait ce « conte-là, qu'il était bien digne de faire , car c'est l'une des ordures de La Fontaine (*Contes.* — Livre iv. — Conte 1er).

La *Correspondance Parisienne* du mois de décembre 1859, annonçait la mort du comte de la Bourdonnaye « qui a joué un rôle très-important sous la Restauration... « Ce fut de lui qu'on dit qu'il était plus royaliste que le « roi... etc... » — Le comte de la Bourdonnaye , — *plus royaliste que le roi* , — est mort le 28 août 1839. — Il s'agit ici de M. de la Bourdonnaye-Montluc , ancien député de Bretagne.

L'an de grâce et de bévues 1859, nous a fourni l'un des plus riches dossiers ; son frère puîné s'apprête à marcher sur ses traces ; il commence bien : — Nous verrons !

LES LIVRES.

—

Nous avons, à propos de la *Vérité pour tous*, parlé de M. Eugène de Mirecourt; ses déplorables petits livres jaunes et périodiques, intitulés : *Les Contemporains*, nous servent de transition entre les *Revues* et les *Livres*.

(Biographie Rotschild) : Comme toujours, depuis que, du haut de la tribune parlementaire , on en a fait présent à Bossuet, assez riche pourtant de lui-même , comme toujours : *L'homme s'agite , mais Dieu le mène*, est du grand évêque de Meaux : « Il professe pour l'espèce hu- « maine un mépris indicible , et refond à sa manière la « pensée de Bossuet, en disant : *L'homme s'agite, et l'or* « *le mène.* »

(Biographie d'Alphonse Karr). L'auteur fait dire à

M. Alphonse Karr : « ..... Tant pis ; je vous applique le
« mot profond de La Fontaine :

« Qui n'a pas l'esprit de son âge ,
« De son âge a tout le malheur. »

Axiome charmant qui se trouve dans la plus charmante
pièce de Voltaire. — Que M. E. de Mirecourt s'arrange
avec M. Alphonse Karr , qui a été, dit-il, régent de la
seconde division de cinquième au collége Bourbon.

(Biographie de mademoiselle Georges). — Nous avons
vu (page 64) que M. de Mirecourt , continuant, sans s'en
douter, la fine plaisanterie des anciens ennemis du critique Geoffroy, en fait très-spirituellement un *abbé*.

M. E. de Mirecourt est toujours bien prompt à verte-
ment relever les erreurs des autres , et pourtant, lui qui
se moque si bien des excentricités géographiques de M. J.
Janin. écrit ceci (*Biographie de Viennet*) : « Béziers,
« CHEF-LIEU du département de l'Hérault, eut l'honneur
« de souhaiter la bienvenue en ce monde à Jean-Pons-
« Guillaume Viennet, le 18 novembre 1777. » — Mieux
encore (même Biographie, pages 61-62) : « Nous avons
« oublié de dire qu'à la fin de 1830, l'auteur de la *Phi-*
« *lippide* avait été promu à l'Académie Française....... Il
« eut toutes les voix de la docte assemblée , à l'exception
« d'une seule. C'était la voix de Paul-Louis Courier. —
« Comment vous portez-vous , lui demanda-t-il en en-
« trant? — Je me porte bien , répondit l'auteur des *Pam-*

« *phlets*, mais je ne vous porte pas... » — Le mot est médiocre, beaucoup plus grossier que spirituel ; ce n'était
pas la peine de ressusciter l'auteur des *Pamphlets* pour en
charger sa mémoire. — Paul-Louis Courier, qui ne fut
jamais de l'Académie Française, n'avait ni sa voix à
donner ou à refuser, ni ce mot si plat à dire. — Puis, ce
qui l'absout plus puissamment encore, c'est que, cinq
ans auparavant, le 10 avril 1825, il avait été trouvé mort
dans les bois de la Chavonière ; — mort, — assassiné d'un
coup de fusil , — mais non point par les *cagots*, selon sa
haineuse et calomnieuse prédiction. — Voilà des lecteurs
bien renseignés ! — On a sans doute averti le biographe de
cette énorme bévue, car nous voyons dans une note de la
Biographie de Gustave Planche : « Au lieu du *département*
« *de l'Hérault,* lisez : « *chef-lieu d'arrondissement de l'Hé-*
« *rault,* » et que la distraction d'un compositeur ne vous
« fasse pas douter de nos connaissances géographiques... »
—Soit : tout mauvais cas est niable ; mais il ajoute : « Nous
« avons, sur la foi d'un journaliste (ces messieurs ne sont
« pas forts, même en chronologie contemporaine), attribué
« une anecdote académique , très-insignifiante du reste,
« à Paul-Louis Courier, tandis qu'elle appartient à La-
« cretelle. » — Mais M. E. de Mirecourt, si *fort* en chronologie contemporaine, puisqu'il s'occupe si vaillamment
de biographie contemporaine, devait-il ajouter foi à un
journaliste quelconque (qu'il ne nomme pas), et faire, sur
sa parole , de Paul-Louis Courier un académicien, pro-
longer sa vie de cinq ans pour lui prêter une sottise ? —

M. de Mirecourt aurait pu savoir cela de lui-même, et l'ignorance d'un journaliste ne l'excuse pas.

(Biographie Lachambaudie) : « .... Il vint au monde « en 1806, à Sarlat, patrie du *célèbre* traducteur de Plu- « tarque, honoré au seizième siècle de l'amitié de Mon- « taigne. » — Et en note : « Etienne de la Boëtie. » — Franchement, le *célèbre* traducteur de Plutarque peut-il être, à cette époque, autre qu'Amyot? La Boëtie, dont on a dernièrement, et dans un intérêt tout démocratique, étrangement surfait le mérite, a traduit en effet quelques livres de Plutarque et de Xénophon ; mais qui s'est avisé jamais de l'appeler le *célèbre traducteur de Plutarque?* Son essai de traduction est profondément inconnu, et d'ailleurs Amyot est là. — Oh! le goût! le goût!

(Même Biographie) : « Comme *le* Dante, Pierre n'avait « pas sa Béatrix. » D'abord il faut Dante sans article : *Dante* n'est qu'un diminutif de *Durante*, son vrai nom ; or, *il*, *le*, article honorifique, ne précédant que les noms de famille, on dit *Dante* et L'Alghieri. — Puis, à la cons- truction de la phrase, ne dirait-on pas que Dante n'avait pas de Béatrix?

(Biographie Michelet) : « Cicéron dit que l'histoire plaît « de quelque manière qu'elle soit écrite. » — Ce mot, dont on a tant abusé, ne serait-il pas de Pline-le-Jeune? *Historia quoquo modo scripta delectat* (Lib. v. — Ep. viii.)

(Biographie Ledru-Rollin) : « A la naissance de son « petit-fils, l'ancien escamoteur vivait encore. » — L'an- cien escamoteur est Nicolas-Philippe Ledru, connu sous

le nom de *Comus* ; le petit-fils est le révolutionnaire de
1848, Alexandre-Philippe-Auguste (que de noms de rois !)
Ledru-Rollin. — Mais Comus mourut le 6 octobre 1807,
et M. de Mirecourt fait naître M. Ledru-Rollin le 2 février
1808 ; — l'aventure des *jaunets* (pages 15 et suivantes)
serait donc fausse.

Dans les *Contemporains*, journal publié par le même
M. de Mirecourt, nous lisons (7 avril 1857. — *Courrier
de la Semaine* .— Signé Edouard Henry) : « Au temps où
« Mme de Staël écrivait ses mémoires, on sait qu'une de
« ses amies lui demanda comment elle s'y prendrait pour
« se peindre elle-même lorsqu'elle arriverait à la sensibi-
« lité de son cœur. — Eh ! répondit l'auteur de *Corinne*, je
« ne me peindrai qu'en buste ! » — Le mot est plus vieux
que cela, et bien connu pour être de Mme de Staal de
Launay. ·

La collection des cent biographies jaunes, publiées par
M. de Mirecourt, est une bien triste lecture ; mais plût à
Dieu que Mlle Lemoine n'eût jamais lu que cet ouvrage
de M. Eugène de Mirecourt !

Passons à des livres plus sérieux, mais toujours aussi
exacts. — M. Michelet fait de saint François d'Assises un
furieux, et de saint Louis un sceptique ; — soit, c'est une
appréciation personnelle insensée, voilà tout ; mais il fait
d'Albert-le-Grand un archevêque de Mayence ; — il confond sans doute avec Albert, l'ennemi de Henri V d'Allemagne, et mort en 1137. — Cela tombe dans l'école historique de M. Janin.

M. Michelet nous dit , dans son *Histoire de France*, que saint Louis fut très-affligé de la mort d'Alphonse X , roi de Castille ; — Alphonse X mourut en 1284, quatorze ans après saint Louis (1270).

M. Michelet (La *Renaissance*, page 84) fait de Marie, sœur de Henri VIII , et qui épousa Louis XII , la fille de Henri VIII. « Henri VIII donna sa fille, à qui? Au pauvre « Louis XII. » — Marie, la fille du Tibère anglais , épousa Philippe II d'Espagne, et succéda sur le trône d'Angleterre à son frère Edouard VI.

M. Michelet , qui nous a donné de splendides pages de poésie, n'écrit pas toujours correctement : « Luynes , que « donna-t-il en échange? Bien peu de chose, et *peu* « *coûteuse*. » — Et cette phrase impossible : « L'Enfant « royal ayant fort bien dîné le jour de la mort de son « père , le lendemain matin s'étant levé gaîment, bien « déjeûné et bu un bon coup de vin blanc, alors il « monta... » — Mauvais sentiment exprimé en bien mauvais français !

M. Granier de Cassagnac nous apprend que Christophe Colomb découvrit les Iles-Vierges en 1493, à son dernier voyage , tandis que ce dernier voyage eut lieu de mai 1502 à novembre 1504 (onze ans de différence). — Dans son *Histoire des classes nobles et des classes anoblies*, il prend la sœur de François Ier pour la femme de Henri IV.

M. Henri Martin (*Histoire de France*; tome III, — page 327, à la note) confond, à propos du *mons Jovis* devenu le Grand-Saint-Bernard , saint Bernard , abbé de Clairvaux, et saint Bernard de Menthon, fondateur des deux hospices, mort en 1008, quatre-vingt-trois ans avant la naissance de l'abbé de Clairvaux.

Selon M. Henri Martin (*Histoire de France*), Jeanne *Darc* est une messie, tuée aussi par les Prêtres et les Pharisiens ;........ « Une Druidesse, une fille libre des « Gaules, opposant le génie gaulois au clergé romain..... « Subissant des faits de subjectivité, c'est-à-dire, les « révélations du *férouer mazdéen*, du bon Démon, de « l'Ange-Gardien, de cet autre *moi* qui n'est que le « *moi* éternel, en pleine possession de lui-même, pla- « nant sur le *moi* enveloppé des ombres de la vie. » — L'Académie française a couronné cela !

MM. Michelet, Granier de Cassagnac, Henri Martin, sont des maîtres !

M. Emile Keller, qui, certes, ne manque pas de mé- rite, dit dans son *Histoire de France*, à la date de 1772 : « Le successeur du grand Frédéric et son imitateur Jo- « seph II, triste fils de Marie-Thérèse, s'entendirent avec « les masses, non plus pour donner un roi à la Pologne, « mais pour la partager. » — En 1772, le grand Frédéric devait faire attendre quatorze ans son successeur.

Il donne pour femme à Guillaume d'Orange, la nièce, et non la fille de Jacques II.

Il fait de Marie Stuart la sœur des Guise : elle était leur nièce par sa mère Marie de Lorraine, femme de Jacques d'Ecosse.

Il parle d'un archevêque de Paris, sous Louis-le-Gros.

Le premier archevêque de Paris fut Jean-François de Gondy, sous Louis XIII.

Monsieur l'abbé Guettée, dans son *Histoire de l'Eglise de France* (tome x, liv. vii, chap. iv), écrit : « Marie de « Médicis, l'ennemie irréconciliable de Richelieu, le suivit « de près au tombeau. » — Richelieu mourut le 4 décembre 1642, et Marie de Médicis était morte le 3 juillet. — Ce n'est pas pour cela que le livre de M. l'abbé Guettée dont les amis sont, à sa malheure, si maladroits, a été condamné par le Concile de la province de Bordeaux.

M. Proudhon *(De la justice dans la Révolution et dans l'Eglise.*— Etude x, chap. iii, § xxvii) : « Je ne puis dire « si Trajan, qui fit faire l'apothéose de son Antinoüs... » — Pourquoi Trajan au lieu d'Adrien ? — Ce n'est pas pour cela que M. Proudhon a été condamné, par le tribunal correctionnel de Paris, à trois ans de prison et quatre mille francs d'amende.

Les *Tableaux synoptiques de l'histoire de France* (page 4), font canoniser, par M. Lombard, Clovis Ier.

La *Biographie-Didot* (article *Roisy.* — 6me vol. col. 474), nous dit que Louis XII confia à Roisy l'éducation de son jeune fils, qui fut bientôt François Ier. — François Ier, fils de Louis XII !

Elle confond (tome iv, col. 275, article *Bosc*) Thomas Cromwell, ministre de Henri VIII, et Olivier Cromwell, le Protecteur, né soixante ans après la mort de Thomas.

Dans son *Histoire anecdotique du théâtre*, M. Charles Maurice donne à Virgile le célèbre vers d'Ovide :

Tempora si fuerint nubila, solus eris.

M. Victor Fournel qui le reprend (*Revue contemporaine* du 15 juin 1857), ajoute, toujours contre M. Maurice : « Buffon n'a pas dit : *Le style est tout l'homme*, pas plus « que : *Le style est l'homme même*, quoi qu'en disent « ceux qui se copient les uns les autres, mais : *Le style est* « *de l'homme même.* » — Comme ce DE est bien placé ! — Voici le texte exact (*Discours de réception à l'Académie Française*, le 25 août 1753) : « Ces choses sont hors de « l'homme ; le *style est l'homme même*. »

Dans un triste volume-pamphlet intitulé : *Ruelles, salons et cabarets ; — Histoire anecdotique de la littérature française*, M. Émile Colombey confond Mlle de La Vallière avec Mme de Longueville ; il appelle cette dernière : « Sœur « Louise de la Miséricorde. » — Que dirait M. Cousin ? — Molière nous apparaît applaudissant la première représentation de *Phèdre*. — Molière mort en 1673, *Phèdre* représentée pour la première fois en 1677 !

M. Ch. Levet nous a donné un volume intéressant, quoique écrit avec négligence et bien que le titre réponde peu au sujet : *Précieux et Précieuses*. L'auteur parle souvent de son exactitude, prétention presque toujours justifiée, mais une fois, au moins, en défaut. — A la notice v, consacrée à Georges de Scudéry, on lit : « Nous nous « bornons à remarquer que le fameux vers :

« A vaincre sans péril on triomphe sans gloire,

« est tiré d'*Arminius* où se trouve :

« Et vaincre sans péril serait vaincre sans gloire. »

— Comment donc ! Mais le *Cid* est de 1636, *Arminius* de 1642 ! — M. Sainte-Beuve, qui traite les mêmes sujets, qui s'occupe de la même époque, ne fait pas de pareilles fautes.

M. Arsène Houssaye, dans son plus récent ouvrage : *(Histoire de Mademoiselle de La Vallière et de Madame de Montespan)* : « Madame de Maintenon..... mourut à « Saint-Cyr, ensevelie depuis quatre ans déjà dans le tom- « beau du silence et de l'oubli. Pierre-le-Grand, voya- « geant sur les ruines du règne, avait dédaigneusement « tiré le rideau sur elle. » — Mais non : Pierre-le-Grand demanda la permission de la voir ; elle était au lit, il lui parla le premier, tira lui-même le rideau pour la voir, et fit signe qu'on l'ouvrît au pied du lit ; il la regarda si attentivement qu'elle rougit. — Il n'y a point là de dédain ; au contraire, et il ne tira pas le rideau sur elle : il l'ouvrit et le fit ouvrir.

Même ouvrage (page 25) : « La Fronde était un ana- « chronisme ; la guerre civile finit par des chansons ; ses « principaux chefs sont des personnages de comédie ; la « *Satire Ménippée* a fait justice de leurs fanfaronnades. » — La *Fronde* pour la *Ligue*, c'est fort.

M. Arsène Houssaye cite ainsi des vers de *Britannicus* :

« Pour *mérite premier*, pour vertu singulière,
« Il excelle à *traîner* un char dans la carrière. »

Représentez-vous Néron ou Louis XIV *traînant* un

char dans la carrière ! — Certes, les Romains ou les Français eussent bien ri :

> Pour *toute ambition*, pour vertu singulière,
> Il excelle à *conduire* un char dans la carrière.

M. Arsène Houssaye remplit tous ses livres de ces choses-là.

Nous ne pourrions suffire à énumérer les erreurs historiques de nos plus renommés écrivains. — Il y aurait particulièrement à écrire un curieux chapitre sur les anachronismes, qui nous rappelleraient ceux de nos vieux *mystères*, de nos *crèches* et de nos *pastorales :* nous en verrions signés des noms les plus fameux.

M. Villemain fait chanter le *Dies iræ* aux chrétiens du Ve siècle ! Le *Dies iræ* est de Thomas de Celano. — A ce propos, un journal ami nous reproche d'avoir tranché une question qui n'est rien moins que résolue. « Sans doute, « dit-il, M. Villemain commit une grosse méprise le jour « où il fit remonter jusqu'au temps des Pères de l'Egli.. « cette magnifique prose des morts : *Dies iræ, Dies illa,* « qui appartient évidemment à l'époque du moyen-âge ; « mais rien ne prouve qu'elle soit de Thomas de Celano. « Si plusieurs écrivains autorisés affirment qu'elle est de « lui, il en est d'autres qui l'attribuent, ceux-ci à saint « Grégoire, ceux-là à saint Bernard, au cardinal Frangi- « pani, à Auguste Biella, et enfin à Humbert, général « des Bénédictins. » — Humbert fut général des Domini- cains et non des Bénédictins qui, constitués en abbayes, ne pouvaient avoir de généraux ; mais ce n'est point la question. — Thomas de Celano fut un des premiers disciples de saint François-d'Assise ; il fut son premier historien, d'après l'ordre formel et sous les yeux de Grégoire IX ; les Bollandistes ont publié ce document ; on en trouve la préface dans le tome Ier du *Thesaurus novus anecdotorum* de Dom Martène. — La critique moderne lui attribue le *Dies iræ* : Adalbert Daniel, dans son *Thesaurus hymnologicus* (tome II, pag. 115), résume ainsi l'opinion des savants d'Allemagne : « Thomam à Celano hoc carmen « cecimisse quum prorsùs evidenter demonstrari nequeat, « tamen hœc opinio maximè probabiliter videtur esse, « eamque jure Mohnikius, Rambachius, Finkius ac Lisco « sequuntur. » — Barthélemy de Pise, mort en 1401, est le premier écrivain qui fasse mention du *Dies iræ ;* après avoir nommé, dans son livre des *Conformités*, la petite ville de Celano, du royaume de Naples, il ajoute : « De « quo fuit Frater Thomas qui, mandato apostolico scripsit « sermone polito legendam primam Beati Francisci, et « prosam de mortuis quo cantatur in missâ, *Dies iræ*, « *Dies illa*, dicitur fecisse. » — Le premier auteur qui parle du *Dies iræ* croit que l'auteur est Thomas de Celano ; c'est beaucoup plus qu'une présomption. — Nous remercions nos amis de nous avoir donné l'occasion d'éclaircir, autant qu'il était en nous, cette difficulté hymnologique.

Dans son *Histoire sommaire de la liturgie*, M. le baron de Nilinse dit (page 30) : « On attribue généralement le

10

« *Stabat mater*, paroles et chant, à saint Grégoire-le-
« Grand. » — Or, le *Stabat* est de Jacopone, autrement
dit *Jacobus de Benedictis*, mort en 1306. — On a cru, à
tort, que l'auteur était Innocent III, mort en 1216 ; mais
que le *Stabat* soit du contemporain de saint Dominique,
ou du contemporain de Dante, il n'y en a pas moins là
une erreur de plusieurs siècles, saint Grégoire-le-Grand
étant mort l'an 604. — D'ailleurs, le rhythme du *Stabat*
était inconnu de son temps.

Depuis que ceci est écrit, M. l'abbé de Pardiac a restitué, dans deux savants et lumineux articles insérés
dans la *Guienne de Bordeaux* (5 et 6 avril 1860), le
Stabat à son véritable auteur, le bienheureux Jacopone.
— Il veut bien nous citer comme autorité ; c'est nous qui
nous appuyons sur la sienne, laquelle a une bien autre
valeur.

Puisque nous avons nommé M. Villemain, où cet élé-
gant critique a-t-il vu *(Essai sur Pindare et la poésie
grecque*, — page 434) que : « l'Hymne matinal de Pru-
« dence est composé sur un des mètres élégants d'Ho-
« race ? » — Vous chercheriez en vain dans tout Horace une
strophe sur le rhythme suivant :

> Nox et tenebræ, et nubila
> Confusa mundi et turbida,
> Lux intrat, albescit polus,
> Christus venit, discedite.

Dans la *Légende des Siècles*, comme trop souvent

ailleurs, M. Victor Hugo ne se fait pas faute de souffleter l'histoire, de confondre et mêler les époques :

> « . . . . . Sacré devant le monde entier
> « Par Urbain quatre, pape et fils d'un savetier. »
> (L'Italie. — *Ratbert.* — La Confiance.)

Dans son court pontificat, de 1261 à 1264, Urbain IV n'eut à sacrer et ne sacra personne.

> « Tu rêves, dit le roi, comme un clerc en Sorbonne,
> « Faut-il donc tant songer pour accepter Narbonne ? »
> (AYMERILLOT).

La rime est riche, mais la Sorbonne, fondée en 1252, citée par Charlemagne, c'est bien mieux qu'une rime riche. — Nous préférons cependant la *Guitare :*

> Un chapelet du temps de Charlemagne
> Ornait son cou.

Du moins, c'était un fou qui parlait.

Pendant que nous recueillions ces notes, un fait historique a été étrangement dénaturé :

Dans sa circulaire à NN. SS. les archevêques et évêques (février 1860), M. Rouland, ministre des cultes, s'appuie sur la pragmatique de saint Louis : « Une pareille tâche, « dit-il, ne s'est pas accomplie sans beaucoup de temps et « de luttes, et elle a traversé des fortunes diverses depuis « les pragmatiques de saint Louis et de Charles VII jus- « qu'au concordat de 1801. »

C'est s'appuyer sur l'œuvre d'un faussaire malhabile, œuvre auprès de laquelle les Fausses Décrétales et l'histoire de la Papesse Jeanne ne sont rien.

La pragmatique-sanction attribuée à saint Louis se trouve dans *l'Histoire de Charles VII*, par François Pinsson (1666); — dans les *Observations sur le règne de saint Louis*, par Daniel (tome IV); — dans la note V du *Panégyrique de saint Louis*, par l'abbé Maury. — Elle a été citée par Nicolas Gilles, secrétaire de Louis XII, contrôleur du trésor; — par le Parlement de Paris dans ses Remontrances présentées à Louis XI (1461); — par les États-Généraux rassemblés à Tours (1483); — par l'Université de Paris dans un acte publié en 1491; — précédemment, sous Charles VII, par Jean Jouvenel des Ursins, archevêque de Reims, et qui l'exploite au profit de la nouvelle pragmatique. — Le savant P. Alexandre croit à son authenticité; — le dictionnaire de Feller dit: « Saint Louis publia une pragmatique-sanction en 1269, « pour conserver les anciens droits des églises cathédrales « et la liberté des élections. » — Etc., etc., etc.

Cela ne suffit pas. — Tous se sont copiés, tous ont répété l'erreur première; il fallait logiquement remonter à l'origine, c'est ce que l'on n'a pas fait.

Fleury, le gallican, présente le Ve article comme très-contestable (*Hist. Ecclés.* — Liv. XXVI). — Bossuet (*Defensio declarationis cleri Gallicani*, lib. XI, chap. IX), hésite à le citer intégralement. — Déjà Estienne Pasquier (*Recherches sur la France*, liv. III, chap. XVI) déclarait que le ve article fut ajouté par Nicolas Gilles, l'un de nos annalistes les plus décriés. — Le P. Alexandre argue de l'autorité contemporaine de Matthieu Paris, mais cela ne se trouve que dans le livre de son continuateur, dont on ignore le nom, peut-être Guillaume de Rishanger, Anglais comme Paris. — Le président Hénault rejette l'authenticité de cette pragmatique; — Voltaire la nie : « On at- « tribue à Louis IX, dit-il, une pragmatique-sanction et « les établissements qui portent son nom. Mais comment « n'avons-nous pas, du moins, une copie authentique et « légale de ces deux fameuses pièces, quand nous avons « de ses simples ordonnances ? » — *(Quelques petites hardiesses de M. Clair, à l'occasion d'un panégyrique de saint Louis).* — Dans *l'Essai sur les mœurs et l'esprit des nations* (chap. LVIII), il l'acceptait; ce n'est que plus tard, après avoir mieux étudié la question, qu'il ajouta : « S'il est vrai qu'elle soit de lui. » — De tous les écrivains de son temps, de tous les temps peut-être, Voltaire est l'homme qui a le mieux su l'histoire de France; il la pliait trop souvent à ses passions haineuses, mais ses aveux n'en sont que plus précieux quand ils ne servent pas sa cause. — De nos jours, M. Lenormant, dont on déplore la perte récente, a démontré la fausseté de cet acte impossible, de même que M. Thomassy, dans un lumineux article du *Correspondant* (1844).

A ces noms, nous ajoutons le cardinal Gousset (*Exposition des principes du Droit canonique*), et Mgr Affre (*De l'appel comme d'abus*).

D'où vient que les contemporains, Joinville, Guillaume de Nangis, n'en parlent pas? — Gerson, qui vivait seulement un siècle plus tard, et que cette pragmatique eût si bien servi, n'y fait pas la moindre allusion, lui qui a composé quatre panégyriques de saint Louis; — nul écrivain allemand ou italien de l'époque n'en parle. — Les conciles gallicans de 1394, 1398, 1406, protestent contre les mesures fiscales de la cour pontificale d'Avignon, et gardent le silence sur ladite pragmatique! — Son existence se révèle pour la première fois au concile de Bourges, en 1438. — Le témoignage le plus formel en sa faveur serait celui de Bazin, évêque de Lisieux, interrogé par Louis XI sur la conduite à tenir à l'égard de l'autorité du Saint-Siége; — mais à la même époque, le cardinal de Bourdeille traitait cet acte de *mensonge indigne de réfutation;* « en vain, ajoutait-il, s'efforcerait-on de justifier, « par cet acte supposé, la pragmatique de Charles VII, *ca-* « *tholiquement* abolie depuis peu par Louis XI. » — Pinsson ment quand il dit que le cardinal de Bourdeille l'avait reconnue et même louée. Du reste, voici le jugement de Tillemont sur François Pinsson : « Il ne cite rien pour le « prouver, et il paraît par la suite que ce n'est qu'une « conjecture mal fondée. »

La pragmatique commence ainsi : *Ad perpetuam rei memoriam.* — Quel roi de France s'est jamais servi de cette formule, qui n'appartient qu'à la chancellerie romaine? Les *Etablissements* de saint Louis, dont parle Voltaire, débutent par ces mots : « Loeys, roys de France

« par la grâce de Dieu , à tous bons chrétiens habitant le
« royaume et en la seignourie de France , et à tous aul-
« tres qui y sont présents et à venir, salut en nostre
« Seigneur. » — Toutes les chartes royales, et celles qu'il
nous a laissées sont nombreuses, débutent ainsi ; rien qui
rappelle le *Ad perpetuam rei memoriam*, rien qui y ressemble ; — cela seul suffirait à démasquer l'imposture.

Ensuite, pourquoi, dans quel but cette pragmatique ?
Il n'y eut jamais, entre le Saint-Siége et Louis IX, d'autre difficulté , très-légère d'ailleurs , que celle des régales
à propos de l'archevêché de Sens (1266), et justement la
pragmatique n'y fait pas la moindre allusion. — Le faussaire l'a oubliée , — omission bien maladroite de sa part.
— « La cour de Rome, dit la pragmatique, dont les exac-
« tions ont misérablement appauvri le royaume ! » —
C'est saint Louis qui parle ainsi ! — et en 1269 : au moment où il supplie la cour de Rome de venir à son aide
pour sa seconde croisade et de recueillir l'argent nécessaire !
— Ah ! l'*iniquité s'est mentie à elle-même !* — En février
1268 , Louis jure de partir pour les Saints-Lieux ; il a
fixé le moment au mois de mai 1270 ; et la pragmatique
paraît de 1268 à 1270 ! — Elle paraît pendant qu'il con-
jure le Saint-Siége de contraindre les églises, par censu-
res ecclésiastiques « à payer pour le passage de l'armée le
« centième de leurs revenus , les legs , rachats des vœux
« et obventions destinés aux secours de la Terre-Sainte.»
— Les provinces refusaient la levée des troupes : un acte
de cette année 1269 nous montre l'abbé de Hautevilliers,

exécuteur des ordres du Légat apostolique, surveillant les contributions, écrivant aux archiprêtres et doyens de Reims, Châlons, Soissons, Meaux, Paris, Sens, Auxerre et Troyes, pour qu'ils convoquent les curés, reçoivent les noms des croisés, et les forcent à porter publiquement la croix.

Dès 1267, le roi et le clergé n'étaient pas d'accord : contre son propre clergé, le roi soutenait les droits, les attributions du Saint-Siége : — Le 24 septembre, le pape écrivait aux églises de France et leur reprochait de refuser un peu d'argent à leur roi, qui prodiguait le sien au service de Jésus-Christ. — Toujours en 1267 (les dates ici sont essentielles), saint Louis se plaignait à Clément IV de ce que les évêques et gens d'Église accroissaient leurs propres juridictions aux dépens des priviléges accordés aux croisés. — Jamais donc plus intime accord entre Rome et le roi de France.

L'affaire de l'archevêché de Sens est antérieure (1266); en 1269, elle était effacée. — Clément IV qui, cette même année, avait confirmé à Charles, frère de saint Louis, l'investiture du royaume de Sicile et l'avait couronné à Rome, Clément IV mourut en 1268. Il avait refusé de reconnaître la nomination de Girard à l'archevêché de Sens; Girard se soumit, le roi annula de lui-même la nomination et accepta la décision du pape; — Girard ne prit possession du siége qu'en 1271, après avoir été reconnu par Grégoire X, successeur de Clément. — Cela ne put troubler l'intime intelligence entre Rome et le roi. — On a représenté Louis IX protestant en faveur du clergé de France contre les exigences de Rome ; c'est tout le contraire : il protestait en faveur de Rome contre les exigences de son clergé :

Et voilà justement comme on écrit l'histoire !

Impossible de trouver dans toute la vie de saint Louis une place naturelle, logique, pour la pragmatique, pour cette absurde déclaration de guerre contre Rome. — Dans la langue ecclésiastique, le mot *pragmatique-sanction* implique le sens d'un *acte exécutoire ou confirmatif :* Il faudrait donc supposer un acte antérieur. Où est-il? — Passe pour la pragmatique de Charles VII qui prétendait s'appuyer sur celle de Louis IX ; — là, tout était nouveau.

Selon les probabilités, le premier travail du premier faussaire est de 1438, lors du concile de Bourges, et il a servi à la seconde pragmatique qui avait besoin d'actes supposés.

Cette pragmatique attribuée au saint roi est un cri de colère et de haine contre le Saint-Siége, une violente déclaration de guerre, une insulte, une imprécation, un appel à la rébellion ; et — moins de trente ans après, — en 1297 — Louis IX est mis au rang des saints, placé sur nos autels par Boniface VIII, à qui on ne refusera pas l'énergie, la force, la connaissance de ses droits, le sentiment de son indépendance. — Jamais pape ne fit la plus légère allusion à l'acte si injuste, si violent qu'on impute à saint Louis ; — Eugène IV pourtant fait tous ses

efforts pour que celle de Charles VII ne s'exécute pas ;
— Pie II poursuit son œuvre ; — Paul II fait tant que,
sous Louis XI , elle est abolie et traînée dans les rues de
Rome en signe de victoire ; — Jules II accuse, à propos
d'elle , Louis XII d'être schismatique. — Mais tous ces
papes se sont tus sur la pragmatique de 1269 !

L'histoire , — répétons toujours le mot de J. de Maistre , — l'histoire , telle qu'on l'écrit , est une conspiration
contre la vérité. — Et il se trouvera encore , toujours,
des historiens , des chroniqueurs , des annalistes , des
commentateurs, des ministres des cultes , qui se plairont
à charger de ces inepties, de ces insultes au Saint-Siége ,
de ces étranges calomnies , la mémoire du grand et saint
roi !

M. Alexandre DUMAS.

Ce n'est pas sans intention que nous avons réservé
M. Alexandre Dumas pour la fin de cette revue. — Fatigué
de tant d'ignorances, de tant d'inconcevables étourderies,
de tant de fastidieuses sottises, de tant de mensonges plus
ou moins volontaires, plus ou moins coupables, nous nous
étions promis de nous reposer enfin avec le causeur le
plus étincelant de France et de Navarre , avec le plus
merveilleux des conteurs. — Ce n'est pas que M. Dumas
soit beaucoup plus exact dans ses *romans* que tant de
graves et doctes auteurs dans leurs *histoires ;* non ; on ne

lui appliquera jamais le mot, si exagéré du reste, de M.
Villemain sur Walter Scott : Il est plus vrai que l'histoire.
— Non : M. Dumas ne conte que pour conter, et l'on est
souvent tenté de renouveler la scène jouée à Galland : —
« Si vous ne dormez pas, faites-nous un de ces beaux
« contes que vous savez ! » — Emporté par la fougue de
sa puissante imagination, il n'a pas le calme nécessaire
qu'exige l'exactitude historique, et d'ailleurs son sujet,
son plan, demandent bien souvent ces sacrifices aux
erreurs, aux anachronismes. — C'est peut-être le privilége du romancier, comme du poète ; mais M. Dumas en
abuse trop. — Il y a une grande différence pourtant entre lui et les écrivains de la nouvelle école historique ; —
cette misérable *conspiration contre la vérité* :

Il ment, mais en grand homme ; il ment, mais il sait plaire.
            (VOLTAIRE. — *Apologie de la Fable.*)

Je tais le vers qui suit.

Si nous relevons quelques-unes des inexactitudes se-
mées avec tant de profusion dans l'œuvre colossale de
M. Dumas, ce n'est pas pour lui, car cela lui est profondément indifférent ; c'est tout simplement pour que se tiennent en garde ces bons et braves lecteurs qui étudient là
l'histoire, parce que là elle est racontée d'une manière
plus divertissante que dans Mézerai, Ducange, Varillas,
Daniel, Velly, Villaret, Garnier, Dubos ou l'abbé Mably.
Bien entendu qu'il ne s'agit point ici de la question mo-

rale : elle sortirait de notre cadre qui ne doit renfermer que des faits matériels , positifs , indiscutables.

(Joseph Balsamo.) — Au tome II, chap. VII, M. Dumas attribue à Voltaire des vers qui ne sont pas de lui :

> Déesse des plaisirs , tendre mère des Grâces....

Ils sont de Lantier, l'auteur de l'*Impatient*, des *Voyages d'Antenor*, — vers qui lui valurent une pension de 1,200 francs. — L'évêque d'Orléans, alors ministre de la Feuille, fit connaître Lantier à M. de Choiseul, qui le nomma secrétaire d'ambassade à Dresde ; six mois après, le duc fut exilé à Chanteloup, et son successeur, M. d'Aiguillon, supprima la pension et la place. En même temps que la Dubarry, *Ulysse* (M. de Choiseul) avait reçu des vers commençant ainsi :

> Chaque Français doit , par reconnaissance ,
> S'occuper de vos intérêts.....

Il est à remarquer que le duc de Choiseul fut le protecteur d'*Anacharsis* et d'*Antenor*.

Toujours *Joseph Balsamo*. — Nous ne dirons pas que J.-J. Rousseau n'était point à Paris le 30 mai 1770, et ne pouvait assister aux fêtes du mariage du Dauphin ; il était alors à Lyon, et ne vint à Paris que vers la fin de juin ; — ce qui est fort indifférent, mais ce que n'aurait point pardonné M. Walkenaër. On nous donne les *Confessions* et les *Rêveries* comme imprimées à cette époque; c'est à tort : Rousseau fit deux lectures de ses *Confessions* en petit comité de sept à huit personnes ; elles ne virent pas le jour de son vivant, non plus que les *Rêveries*.

Après la tenue du lit de justice (15 avril 1771), Mme Dubarry s'écria : « Vous l'avez entendu, le roi a dit qu'il ne « changerait jamais ! — Oui, lui fut-il répondu, mais il « vous regardait ! » — M. Dumas fait cadeau de ce madrigal au duc de Richelieu : il est du duc de Nivernais.

Erreur plus grave : — Balsamo, soit Cagliostro, est grandi outre mesure ; il ne posséda jamais cette puissance surhumaine, il n'eut jamais une telle influence sur son époque, il ne fut pas la cheville ouvrière de tant de faits. — Lorenza, qu'il avait épousée à Rome, ne mourut pas comme elle meurt dans le roman ; mais complice de ses mensonges, elle fut enfermée dans le couvent de Sainte-Apolline. — L'auteur prête à J.-J. Rousseau des remords d'avoir abandonné ses enfants, — cela est vrai, — et aussi des remords d'avoir égaré son siècle par ses sophismes,— cela est faux : Rousseau est mort dans la plénitude de son orgueil.

Les deux chapitres xii et xiii sont révoltants, et heureusement impossibles.

Le docteur Louis est représenté comme un homme plein de foi, un homme aimant et craignant Dieu : — le docteur Louis abandonnait ses amis au lit de mort, quand ils voulaient recevoir les sacrements.

(Le capitaine Paul). — Un seul mot : Urbain viii n'a point excommunié le tabac, mais il a condamné ceux

qui prenaient le tabac dans les églises, et voici pourquoi :
On y apportait une carotte et une râpe, et le bruit trou-
blait le service divin ; ne pouvant obtenir qu'il en fût autrement, le pape frappa de censure les priseurs, seulement les priseurs dans les églises, et il obtint le silence.
— On trouve dans les *Ordonnances synodales* de Bossuet
(1698) quelque chose d'analogue : « XII. — Nous défen-
« dons à tous ecclésiastiques de faire coutume d'user du
« tabac en poudre , notamment et en tout cas dans les
« églises, pour exterminer cette indécence scandaleuse
« de la maison de Dieu. »

(Blanche de Beaulieu). — C'est un véritable petit diamant, si on accepte d'avance bien des faits erronés : — La
date du 15 décembre 1793 n'est pas juste ; dès le mois d'août
1792 la partie du Bocage qui avoisine Bressuire s'était sou-
levée, mais Marceau et Dumas ne furent appelés que plus
tard à jouer un rôle dans ces luttes héroïques. — .... « On
« se chauffe avec un village.... ce n'était pas une cruauté,
« mais un moyen de guerre, un plan de campagne comme
« un autre..... » — M. Dumas oublie-t-il que son père
écrivait : « Qu'on me fasse servir dans une armée où l'on
« puisse faire des prisonniers ! » — Qu'il répondait à Sa-
vary, lequel excusait les colonnes infernales sur les ordres
qu'elles avaient reçus : « Si je m'étais cru obligé d'obéir
« à ces ordres, je me serais fait sauter la cervelle ! » —
Le général Dumas ne fit que passer dans la Vendée ; la
Convention lui retira bientôt son commandement ; —
c'était justice — Pourquoi l'auteur rappelant, au cha-

pitre v, la démission de son père, n'en dit-il pas la noble et généreuse cause, telle que nous l'avons rapportée?

(Le Chevalier d'Harmental) — M. Dumas a su animer, vivifier cette conspiration de Cellamare, si insipide dans l'histoire ; nous voyons là le régent, Dubois, Richelieu, Cellamare, Mlle de Launay, la duchesse du Maine ; — trop d'indulgence pour la duchesse de Berri ; — le héros du roman, d'Harmental et Roquefinette et Bathilde et Buvat sont pleins de vie et de couleur ; — mais il y a bien des fautes contre l'histoire :

C'est *L'Anti-Lucrèce* du cardinal de Polignac, et non Lucrèce, que traduisait le duc du Maine, et encore sur le manuscrit : *L'Anti-Lucrèce* ne parut imprimée qu'après la mort de l'auteur.

Dans les causes de la fortune d'Albéroni, il n'est nullement question du poète Campistron : — Campistron, volé en Italie, se réfugia chez Albéroni, simple prêtre qui lui donna l'hospitalité ; plus tard, Campistron, secrétaire du duc de Vendôme, se souvint de ce service; Albéroni fut attaché au général qui lui confia sa correspondance avec Mme des Ursins ; à son tour, Mme des Ursins le protégea, — et ainsi de suite. — Cela rentrait parfaitement dans le système de M. Dumas, qui aime et recherche tant les petites causes des grands effets.

Il est parlé de Bonneval comme d'un pacha à trois queues; — anachronisme : — Bonneval ne fut rénégat que plus tard.

Dans un charmant chapitre *(Les Poètes de la régence)*,

M. Dumas cite le fameux madrigal de Saint-Aulaire à Mme la duchesse du Maine :

La Divinité qui s'amuse.....

et ajoute : « Ce madrigal qui devait, cinq ans plus tard, « conduire Saint-Aulaire à l'Académie. » — Saint-Aulaire était de l'Académie depuis 1706, et avait eu pour prétexte de son admission cette pièce :

O muse légère et facile.....

qui motiva la boule noire de Boileau : « Je ne lui dispute « pas ses titres de noblesse, mais ses titres au Parnasse, » répondit le vieux bourru à ceux qui lui fesaient remarquer que Saint-Aulaire était homme de qualité. — Nous avons relevé déjà cette erreur (page 33).

Dans le *Chevalier d'Harmental*, il est fait plusieurs fois mention de Greuze : » ... Une véritable tête de Greuze... « Une pupille, une jeune personne charmante, pleine de « talent, qui chante comme Mlle Bury, et qui dessine « comme M. Greuze. » — L'anachronisme est trop fort : — Greuze, né en 1725 ou 1726, ne pouvait, en 1718-1719, être pris pour point de comparaison.

(Les Quarante-Cinq). — La scène s'ouvre le 26 octobre 1585, par le supplice de Salcède, qui eut lieu en 1582.— — Le duc d'Alençon, soit François de France, qui défraie tout l'ouvrage, était mort en 1584, la même année que Guillaume-le-Taciturne. On nous le représente pour-

tant continuant ses lâchetés, ses ignobles conspirations, fuyant à Anvers après avoir remué la Flandre, et le siége d'Anvers est de 1583.

Le siége à coups de pétards et la prise de Cahors par le roi de Navarre, racontés d'une manière si piquante, eurent lieu cinq ans auparavant (1580). — Cahors était commandé par *Vérins*, et non par *Vézin*. Qu'importait au romancier une date ou l'autre, et pourquoi choisir la fausse ? — On adoptera avec quelque peine le portrait de Henri IV, qui tremble au premier coup de feu, sue de peur, et ne devient brave que par réflexion et orgueil.

(Isabelle de Bavière). — Les dates sont ici mieux conservées; c'est presque de l'histoire. — M. Alex. Dumas professe un grand mépris pour nos historiens; il excepte, dans une note, Guizot, Chateaubriand et Thierry; il eût pu en nommer d'autres. — « Nos historiens nous ont « rendu, dit-il, si sèche et si fatigante l'étude de l'his- « toire. » — On ne peut le contredire, mais n'est-ce pas aussi un peu monotone de lire, au début des épisodes, cette phrase toujours la même : « Par une belle nuit, on « voyait se glisser dans l'ombre deux hommes.... Par une « soirée orageuse, s'avançait un homme... Par une mati- « née de printemps, — ou d'été, ou d'automne, ou d'hi- « ver (n'importe), trois hommes marchaient, soit à pied, « soit à cheval (n'importe encore)..... »

Il y a, sauf les dates, des erreurs dans ce livre : Il eût fallu dire que Clément VII, à Avignon, était un anti-pape : — que les hommes commandés par Craon étaient au nom-

14

bre de 40, et non de 20 ; — que les paroles du duc de Bretagne à Craon furent celles-ci : « Vous avez fait deux « fautes dans la même journée ; la première d'avoir at- « taqué le connétable ; la seconde de l'avoir manqué ; » la conversation qu'on leur prête n'est pas historique ; — que Bajazet fit massacrer 600 prisonniers, et non 300.

L'auteur adopte l'erreur qui fait inventer les cartes pour amuser Charles VI ; elles étaient connues sous son père : le petit Jehan de Saintré gagna sa faveur en jouant aux dés et aux cartes ; le roi le fit sortir des pages, le nomma écuyer-tranchant. — Elles dataient de plus loin : — En Espagne, dès 1300 ; — le dictionnaire espagnol de Madrid en attribue l'invention à Nicolas Pépin ; on les nommait *Naypes*, des initiales N. P. — Sous Alphonse XI, les statuts de l'ordre de la Bande fondé vers 1332, prohibaient les jeux de cartes. « Coman- « doit leur ordre que nul des chevaliers de la Bande « n'osast jouer aux cartes ou au dez (traduction du vieux « Guterry). » — D'autres croient que *Naypes* vient de l'italien *Naibi*, cornet.

Ceci est plus grave : — Bernard d'Armagnac est égorgé par Perrinet Leclerc, le traître qui donna les clés de Paris soustraites au chevet de son père ; — il n'en est rien : Les Bourguignons se contentèrent d'emprisonner d'Armagnac ; mais, quelques jours après, le peuple le tira de la Conciergerie, et le massacra dans la cour du Palais. — Puis, l'auteur établit une longue préméditation pour le meurtre de Jean-sans-Peur au pont de Montereau ; — préméditation niée par tous les historiens, par Voltaire, entre autres, qui, dans une longue note du chapitre LXXIX de *l'Essai sur les mœurs et l'esprit des nations*, développe fort bien sa pensée. — Mais il fallait au romancier une scène de jalousie ; il fallait que le sire de Gyac surprît le duc de Bourgogne avec sa femme, jurât la mort des deux, et remît à Tanneguy du Châtel le soin d'assassiner le duc. — C'est ce que M. Dumas appelle *de grands effets produits par de petites causes*, qu'il reproche aux historiens d'avoir négligées : c'est-à-dire que Perrinet Leclerc vend Paris, parce qu'il a été fouetté par l'ordre de d'Armagnac ; — que la face des affaires de France et d'Angleterre est changée, parce que le duc de Bourgogne est assassiné pour avoir aimé la dame de Gyac ! — Malheureusement pour le système de l'auteur, ce n'est que du roman ; système parfois ingénieux, souvent faux, toujours facile, et qui ne justifie pas ce profond mépris pour les historiens.

(*Impressions de voyage. — Le Corricolo.*) — Dès les premières pages, nous voyons Hussein-Pacha, dernier dey d'Alger, mourir à Livourne peu de temps après sa chute ; — or, il est mort près du pacha d'Egypte, à Alexandrie, le 30 octobre 1834.

Dans un parallèle fort ingénieux entre Auguste et Louis XIV, l'auteur nous dit que ce dernier « meurt, battu par ses rivaux. » — Nous croyions, nous, qu'à la fin de sa vie il s'était relevé de ses défaites, que la bataille de

Denain avait eu lieu de son vivant, qu'il était mort puissant et redouté.

« Il éloigne Racine de lui, parce qu'il a eu le malheur « de prononcer le nom de son prédécesseur, Scarron. » — Non, c'est parce que Racine, sur la demande de Mme de Maintenon, avait écrit un mémoire sur la misère du peuple : « Parce qu'il est poète, dit le roi, veut-il donc « être ministre ? » —

Les compagnons de martyre de saint Janvier sont nommés ici Proculus et Sosius; dans l'histoire, on nomme ces deux diacres Fauste et Martial; — de plus, le martyre même est travesti en roman.

(*Impressions de voyage. — Suisse.*) — M. Dumas reproduit quelques pages qui se trouvent dans *Isabel de Bavière* : l'assassinat du duc de Bourgogne; — nous en avons parlé (page 167).

« Deux papes sont sortis du sein de cette abbaye, « Geoffroy de Châtillon, élu en 1241, sous le nom de « Célestin VI, et Jean Gaëtan des Ursins, élu sous celui « de Nicolas III, en 1277. » — Où a-t-on vu jamais un Célestin VI ? Le dernier pape de ce nom fut Célestin V qui abdiqua en 1294. — Cela ressemble à Voltaire nous donnant, dans une note de *Candide*, un Urbain X, ce qui lui inspire une sale plaisanterie, mais une plaisanterie.

Saint François de Sales est mort, non en 1625, mais le 8 décembre 1622.

M. Dumas voit dans l'église d'Arona, ville natale de

saint Charles Borromée , le corps du grand archevêque ;
or, comme il est aussi dans la cathédrale de Milan , il faut
qu'il ait eu deux corps.

(*La Guerre des Femmes*) : — « M. le duc d'Epernon ,
« fils de cet inséparable ami de Henri IV qui était dans
« sa voiture au moment que le couteau de Ravaillac le
« frappa, et sur lequel planèrent des soupçons qui re-
« tentirent jusqu'à *Catherine* de Médicis. » — Lisez :
Marie de Médicis. — Et des *soupçons qui retentissent !*

Nous sommes en 1650, et nous trouvons cette phrase :
« M. de Rancé ne vient-il pas de fonder l'ordre de la
« Trappe ? » — M. de Rancé ne fonda pas, mais réforma
l'ordre de la Trappe, et ce fut trés - postérieurement,
en 1664.

« Je suis homme , et comme dit Plaute : *Homo sum et*
« *nihil humani à me alienum puto.* » — Le vers est de
Térence (*Heautontimorumenos* : — Acte 1er. — Scène 1re),
et doit être lu ainsi :

Homo sum : humani nihil à me alienum puto.

Le cardinal de Retz appelle toujours *Pichon* , le gouverneur de Vaire que M. Dumas appelle *Richon.*

(*Impressions de voyage.* — Midi de la France). —
M. Dumas fait venir *Rhodes* du phénicien *Rod*, serpent :
Rhodes vient du grec ρόδον rose ; — les roses y abon-
daient.

(*Impressions de Voyage.* — Une année à Florence) :
— « A huit cents ans d'intervalle, le Carmel avait vu

« venir à lui, Titus, Louis IX et Napoléon. » — Ces
« huit cents ans ne sont pas trop bien calculés.

L'histoire de Bianca Capello n'est ici qu'un roman. —
Dans leur fuite, Bianca et Bonaventuri se marièrent à
Pistoie. — Elle ne fut pas la maîtresse du Grand Duc,
mais l'épousa après la mort de Bonaventuri, poignardé
dans les rues de Florence en 1574 ; ce second mariage
eut lieu le 20 septembre 1579.

(*Le Collier de la Reine*). — Le prologue nous représente
Cagliostro (que nous avons rencontré déjà sous le nom
de Joseph Balsamo) révélant leur avenir aux convives du
maréchal de Richelieu ; — cela est pris de Cazotte :
Cazotte fut le prophète ; il était aisé de ne pas altérer
le récit. — Les convives nommés par M. Dumas sont : le
comte de Launay, Mᵐᵉ de Barry, Lapeyrouse, de Favras,
Condorcet, le comte de Haga (pseudonyme du roi de
Suède), Richelieu et Cagliostro ; — dans l'histoire, ce
sont : Cazotte, Condorcet, Chamfort, Vicq d'Azyr, de
Nicolaï, Bailly, Malesherbes, Boucher, Madame de Grammont, et La Harpe qui raconte.

Le défenseur de Mᵐᵉ de la Motte s'appelait Doitot, et
non *Doillot ;* Thilorier fut celui de Cagliostro ; Blondel
celui d'Oliva ; Jaillant Deschaînets celui du misérable Vil-
lette, Target (le lâche qui refusa de défendre Louis XVI),
celui du cardinal de Rohan. — L'exécution de Mᵐᵉ de la
Motte est dramatique ; ses fureurs font frémir : seulement,
elle ne fut pas fouettée et marquée en public, mais en
prison ; on craignit qu'elle ne parlât à la foule et ne con-

tinuât ses indignes calomnies que M. Dumas lui fait pro-
férer sur l'échafaud. — La foule, le grand air, la résistance
contre le bourreau, c'est émouvant, mais ce n'est pas de
l'histoire.

(Ange Pitou). — Nous y revoyons quelques personnages
de *Joseph Balsamo* et du *Collier de la Reine.* — « Les
« mouchards ! — mot entré depuis peu dans le vocabulaire
« de la langue. » — Pas depuis peu : Molière, La Fontaine,
l'ont employé ; Mézerai croit qu'il vient de Démocharès,
inquisiteur, qui se nommait de Mouchy, d'où le sobriquet
donné à ses espions ; or, ce Démocharès — de Mouchy,
vivait sous François II. — Que *mouchard* vienne de là,
ou plus naturellement, de *mouches*, il était dans le vocabulaire de la langue bien avant 1789.

« M. de Dreux-Brézé est envoyé aux rebelles pour leur
« ordonner de se disperser : — Nous sommes ici par la
« volonté du peuple, dit Mirabeau, et nous n'en sortirons
« que la baïonnette dans le ventre. — Et non pas comme
« on l'a dit : *Que par la force des baïonnettes.* — Pourquoi
« y a-t-il toujours, derrière un grand homme, un petit
« rhéteur qui gâte les mots sous prétexte de les arranger ?
« Pourquoi ce rhéteur était-il derrière Mirabeau au Jeu
« de Paume ? » — Au *Jeu de Paume !* mais la scène s'est
passée à l'*Assemblée Nationale !* — Puis, M. Dumas
n'arrange-t-il pas un peu ? — Ni l'une ni l'autre phrase
n'est exacte ; voici celle de l'histoire vraie : « Oui,
« monsieur, nous savons tout ce qu'on a suggéré au roi ;
« et vous, qui ne sauriez être son organe auprès des

« Etats-Généraux, vous, qui n'avez ici ni place, ni voix,
« ni droit de parler, vous n'êtes pas fait pour nous rap-
« peler son discours. Cependant, pour éviter tout équi-
« voque et tout délai, je déclare que si l'on vous a chargé
« de nous faire sortir d'ici, si vous demandez des ordres
« pour employer la force, nous ne quitterons nos places
« que par la puissance de la baïonnette. » — C'est moins
foudroyant et beaucoup plus cicéronien. Point de : *Nous
sommes ici par la volonté du peuple*, ni surtout de : *Allez
dire à votre maître*, que M. Dumas a eu le bon goût
d'omettre; — le rhéteur, c'est Mirabeau lui-même. — Le
10 mars 1833, le fils de M. de Dreux-Brézé donna, en
pleine tribune, un démenti à M. Villemain : « Je demande
« à M. de Montlosier si mon récit n'est pas exact? » —
M. de Montlosier fit un signe affirmatif. — Dès 1803, les
Ephémérides de Noël (juin, page 164), donnaient raison
d'avance à M. de Dreux-Brézé.

Que de choses n'aurions-nous pas à dire encore sur
Louis XVI, sur Marie-Antoinette et ses *séides!*....... —
Mais nous sortirions de notre sujet tout littéraire, Dieu
merci !

(Le Veloce). — Ce n'est pas sans une profonde émotion
que j'ai rencontré, dans le chapitre intitulé *Sidi-Brahim*,
le nom de mon glorieux ami Froment Coste; les détails
sont vrais, seulement l'auteur fait consulter par le lieutenant-colonel Montagnac, Froment Coste et Courby de
Cognord : « L'opinion des deux officiers fut conforme à
celle du colonel. » Froment Coste, au contraire, com-

battit cette opinion. — Préposé aux bagages, il reçut, par le maréchal-des-logis Barbut, l'ordre de Montagnac mourant de rejoindre la colonne, mais il n'ordonna à aucun moment la retraite. — Froment Coste avait protesté contre le dangereux morcellement commandé par Montagnac; non écouté, il avait demandé, sans l'obtenir, à marcher; le détachement du lieutenant-colonel étant détruit, le 8me chasseur d'Orléans reçoit l'ordre d'aller au secours; c'était un sacrifice inutile; à ceux qui lui en font l'observation, Froment Coste répond : « En avant ! » — On insiste, on lui rappelle qu'il a combattu la décision de Montagnac : « J'étais dans mon droit alors, puisque « j'étais consulté; maintenant j'ai reçu un ordre, je dois « l'exécuter. » Par son sang froid, il électrise sa petite troupe : comme il escaladait un mamelon, il est frappé d'une balle au front; ses soldats veulent se faire tuer sur son corps : « Laissez-moi, combattez, et mourez comme « moi ! » — Ce furent ses dernières paroles. — Trois mois avant sa mort, il nous confiait ses rêves d'avenir : La dernière lettre écrite par lui est du 21 septembre 1843, et le 23 septembre, il tombait en homme de cœur, à la tête de son intrépide bataillon.

(Les Deux Diane). — Ces deux Diane sont : Diane de Poitiers et Diane de Castro, sa fille, un démon et un ange. — Le malheur veut que ce démon ait été la plus inoffensive des maîtresses de roi; Brantôme, que l'auteur invoque si souvent en témoignage, dit d'elle : « Elle était « fort débonnaire, charitable et aumônière. Il faut que le

« peuple de France prie Dieu qu'il ne vienne jamais favo-
« rite plus mauvaise que celle-là, ni plus malfaisante. »
— Quant à Diane de Castro, mariée en 1553 à Horace
Farnèse de Castro, elle ne vit jamais son mari, tué six
mois après au siége de Hesdin; — ce que le roman ne
dit pas, c'est que, en 1557, elle épousa François de
Montmorency, fils de Anne, le Connétable, à qui M. Dumas
fait jouer un si triste rôle. Elle mourut en 1619, à quatre-
vingts ans : Brantôme lui consacre un chapitre dans les
Vies des Dames illustres de son temps; — M. Dumas la
fait mourir, religieuse, sous le nom de sœur Bénédictine,
en 1573.

Saint Godegrand, évêque de *Suez,* était évêque de
Metz; il mourut en 766. — Sainte Opportune était abbesse
de *Séez,* ce qui aura fait confondre avec *Suez.* — En
1557, c'est Paul IV qui était pape, non Paul II.

Jamais Anne de Montmorency, tout rude qu'il était,
n'a joué le rôle hideux et stupide à la fois qu'on lui assi-
gne; blessé à mort par Stuart, il dit à son confesseur :
« Croyez-vous que j'aie vécu quatre-vingts ans avec
« honneur, sans avoir appris à mourir un quart-d'heure?»
— Il se rendait justice. — Est-il donc permis de choisir
un nom illustre dans l'histoire et de le couvrir d'infamie,
pour l'intérêt dramatique d'un roman?

M. Dumas fait recevoir à Guise la balafre à laquelle il
doit son beau surnom, au siége de Calais (1558); — ce
fut au siége de Boulogne (1545). — Condé Ier assistait au
siége de Calais, et on le trouve, à cette époque, tran-
quillement à la Cour.

Martin-Guerre et son Sosie, Arnauld du Thil, sont très-historiques, et l'auteur en a su tirer un excellent parti; seulement, du Thil ne fut pendu qu'en 1560; — ce qui importe peu, dans des personnages si secondaires.

La Renaudie, l'un des plus courageux capitaines protestants, est le type de toutes les vertus; — mais l'auteur oublie de nous dire que, condamné au bannissement pour crime de faux, ce fut alors qu'il vint offrir ses services aux Huguenots.

Parlons du héros du roman : — D'abord, son père, Jacques de Lorges de Montgommery, n'est pas mort en prison, au Châtelet, par les ordres de Henri II, qui avait promis sa liberté à son fils, qu'il aurait indignement trompé, en lui faisant remettre un cadavre. Jacques ne passa pas dix-huit ans au cachot; il mourut après Henri II, âgé de plus de quatre-vingts ans. — Gabriel n'avait donc point à venger sa mort, le roi ne s'est point conduit en infâme; — et le roman croule par sa base; — ce qui est fort indifférent à M. Dumas et au lecteur, qui, à tout prix, veut être amusé.

Gabriel de Montgommery est beaucoup trop grand. — Rien n'excusera le Montgommery vraiment historique d'avoir guerroyé contre les fils du roi qu'il avait si malheureusement tué dans un tournoi; il devait, ou combattre pour eux, ou s'abstenir. — S'il se fit protestant par vengeance, comme le dit M. Dumas, il est mille fois plus coupable : il est traître à la religion, à l'Etat, à ses rois, à la France. — Après avoir jadis si bravement défendu son pays, il arbore sur les vaisseaux qui le portent au secours de la Rochelle, le pavillon anglais ! — M. Dumas n'en parle pas : « Ainsi finit cet homme extra- « ordinaire, une des âmes les plus fortes et les plus « belles qu'ait vues le XVIᵉ siècle. » — C'est la dernière phrase du roman !

(*Olympe de Clèves*). — « Sa Majesté Louis XV, qu'on « appelait encore à cette époque le Bien-Aimé. » — Nous sommes en 1727, et ce n'est qu'en 1744, lors de sa maladie à Metz, que Louis XV reçut ce beau surnom dont il devait plus tard, hélas ! se montrer si peu digne.

« Vous avez parfaitement dit cela à la Clairon. » — Nous sommes en 1728 ; Clairon, née en 1723, n'avait alors que cinq ans ; elle débuta à Paris, en 1736, à la Comédie Italienne ; — rôle de suivante dans l'*Ile des Esclaves*, de Marivaux.

(*Les Compagnons de Jéhu*). — L'auteur débute par un aperçu du séjour des Papes à Avignon : « Lecteur, accor- « dez les dix, les quinze, les vingt premières pages à « l'historien, le romancier aura le reste.» Mon Dieu ! non, le romancier garde le tout. — Ne parlons pas de l'appréciation des Papes et de la Papauté, les détails ne sont pas plus vrais. — On lit dans ce singulier avant-propos : « Saint Louis avait eu pour ministre un prêtre, le digne « abbé Suger. » — Suger mourut en 1152, soixante-trois ans avant la naissance de saint Louis, soixante-quatorze ans avant son avènement au trône !

« Cette fameuse fontaine de Vaucluse, Hippocrène de
« Pétrarque ; vous connaissez son sonnet :

> « Chiare, fresche e dolci acque
> « Ove le belle membra
> « Pose colui, che sola a me *perdona*. »

Ce n'est pas un *sonnet*, mais une *canzone ;* — et quelle
variante ! *Che sola a me PERDONA*, pour *a me PAR
DONNA !*

« Il s'éloigne.... chantonnant entre ses dents la char-
« mante villanelle de du Bellay :

> « Rosette, pour un peu d'absence.... »

La charmante villanelle est de Philippe Desportes.

Si nous avons réservé pour la fin de cette revue, et
nous avons dit pourquoi, quelques livres de M. Dumas, —
les premiers qui nous sont tombés sous la main, — nous
voulons terminer aussi par les *Trois Mousquetaires*, l'examen des livres de M. Dumas, et en cela nous sommes
logique : c'est le chef-d'œuvre de l'auteur.

*(Les Trois Mousquetaires. — Vingt ans après. — Le
Vicomte de Bragelonne, ou Dix ans après.)*

M. Guizot a dit que tout homme de lettres de valeur
bâtissait un monument, que tout ce qu'il a fait avant,
tout ce qu'après il fera, n'est qu'une suite de petites fa-
briques : — Le monument de M. Alexandre Dumas c'est,
sans en excepter son théâtre, les *Trois Mousquetaires*,
et la suite. — Là, nous apparaissent tous les noms célé-

bres qui ont , pendant cinquante ans , fixé l'attention de
l'histoire : de 1625 à 1665 ; les quatre héros d'imagination sont admirablement dessinés , et les quatre laquais,
figures si originales, ne le leur cèdent en rien : Athos ,
grand et fier, est le type de la noblesse de ce temps-là ,
brave , affable , inébranlable dans ses généreuses convic-
tions , dévoué à ses rois et ne leur épargnant point
ses conseils ; — Porthos , dont la force herculéenne est
toujours au service du faible , nature naïve qui s'associe,
sans le savoir, à la nature rusée , obéissant passivement
à une autre intelligence que la sienne , et croyant n'être
que fidèle à un pacte dont il n'est pas l'auteur, mourant
pour obéir à sa parole donnée, bien qu'il sache enfin qu'il
a été trompé ; — Aramis , mousquetaire *in partibus*,
dit-il , jouant de l'épée tout en se destinant à l'église ,
homme de cour, évêque , général des jésuites , causant
la perte de celui qu'il a le mieux aimé , et le dernier
survivant ; — d'Artagnan , gascon , intrépide , spirituel ,
dévoué , se sacrifiant toujours pour ses amis ; mais, dès
qu'il ne s'agit plus d'eux , ambitieux et dévoré du désir
de parvenir ; — ne ménageant pourtant la vérité ni à
Louis XIII , ni à Richelieu , ni à Mazarin , ni à Louis
XIV, et les servant avec une inébranlable fidélité. —
Tout cela rattaché aux époques historiques, depuis le
siége de La Rochelle jusqu'à la guerre de Hollande ; tout
cela vivant , animé , entrecoupé d'épisodes gais , tou-
chants ou terribles , d'actions souvent impossibles , toujours intéressantes , constatant la plus féconde imagina-

tion dont ait jamais fait preuve un romancier ; — tout
cela, dis-je, rappelle le mot du cardinal d'Este à l'Arioste :
« *Messer Lodovico, dove avete pigliato tante ?...* »

Ce long récit s'ouvre au mois d'avril 1625 : le jeune
d'Artagnan vient à Paris sur un cheval de couleur orange ;
— il est recommandé par son père au capitaine des mousquetaires, M. de Tréville, personnage très-réel, qui vécut
jusqu'en 1708, retiré du monde depuis la mort de Mme
Henriette (1670). — Déjà, trois mousquetaires, qui cachent sous des noms d'emprunt leurs noms de famille,
ont été surnommés les Inséparables ; d'Artagnan, l'é-
tourdi, a un duel avec chacun d'eux ; les gardes de Richelieu les veulent arrêter ; ils tombent tous quatre sur
les gardes, — et de là, d'Artagnan est admis, lui qua-
trième, dans cette amitié que la mort seule pourra briser,
et qui leur fait faire de si grandes choses.

Vient le siége de La Rochelle : — le bastion de Saint-
Gervais est une réjouissante invention ; — mais les quatre
amis sont poursuivis par la haine et la vengeance de
Milady, personnage dont la création n'est pas ce qu'il y a
de plus heureux : — flétrie par la main du bourreau, elle
a été pendue par Athos (comte de la Fère), qui l'avait
épousée ; — sauvée, elle a juré la mort de son mari ; —
remariée à un Anglais, lord Winter, elle en a hérité et
veut hériter encore de son beau-frère ; — assassinat,
empoisonnement, bigamie, adultère, rien ne lui coûte :
elle s'est associée à la fortune de Richelieu, jusqu'à ce
que les quatre amis la surprennent et la font décapiter

— 180 —

par le bourreau de Lille qui se trouve être celui qui l'a
marquée jadis, sur sa belle épaule, de la fleur de lis. —
Ils commettent là un bel et bon assassinat : devant un
tribunal elle serait acquittée par la toute-puissance de
Richelieu, soit ; — c'est elle qui a séduit Felton et l'a
poussé à tuer Buckingham : — soit : ce n'en est pas moins
un crime qui doit peser sur toute leur vie. — Ce personnage de Milady est emprunté aux mémoires de M. L. C.
D. R. (le comte de Rochefort), mémoires-roman écrits
par Gatien de Courtils.

Les amis ont sauvé Anne d'Autriche en allant avertir
Buckingham que le roi veut voir à sa femme, dans un
bal, les douze ferrets de diamants qu'il lui a donnés et
qu'elle a donnés à Buckingham : cette expédition en An-
gleterre est un récit épique. — Buckingham va secourir
La Rochelle ; il est tué par Felton. — Le 28 octobre 1628,
La Rochelle capitule, — et la première partie des *Trois
Mousquetaires* est terminée.

Les dates sont suivies et le seront pendant le cours
de l'ouvrage, ce qui est rare chez l'auteur. — *Toirac* pour
Toiras ; — style négligé, mais plein de verve et d'entrain :
si ces volumes étaient écrits !...

Vingt ans après. — Ce sont la Fronde, Louis XIV,
Anne, Mazarin, Mesdames de Longueville et de Chevreuse, Condé, Turenne, les deux Henriette, Charles Ier,
Cromwell, Monck, Fairfax, le duc de Beaufort, le duc
de la Rochefoucauld, le cardinal de Retz, Scarron et sa
société, etc. ... et toujours les quatre amis, parfois divisés

d'intérêt, les uns Mazarins, les autres royaux, mais s'aidant tour-à-tour et réciproquement, d'après leur devise : *Tous pour un, Un pour tous.* — L'intérêt n'est plus le même, mais puissant encore. — Nous sommes en 1648, le roi a dix ans ; Madame de Chevreuse continue ses intrigues du règne précédent ; — paraît pour la première fois une petite fille de 5 à 6 ans qui se blesse au pied (elle en restera toujours légèrement boîteuse), et qui aime déjà un enfant comme elle, Raoul, vicomte de Bragelonne, fils d'Athos. — C'est Mademoiselle de la Vallière.

On nous donne Madame de Chevreuse comme âgée de 44 à 45 ans ; elle en avait bien 48, étant née en 1600. — Le *Chapitre Saint-Denis* renferme une belle page sur la royauté ; Athos conduit son fils dans les caveaux, et, en face du cercueil du dernier roi attendant sur la dernière marche de l'escalier que son successeur vienne prendre sa place, il lui explique le *roi* et la *royauté :* — « Servez, dit-il en terminant, aimez et respectez le roi. « Si ce roi est un tyran, car la toute-puissance a son « vertige qui la pousse à la tyrannie, servez, aimez, « respectez la royauté, c'est-à-dire la chose infaillible, « c'est-à-dire l'esprit de Dieu sur la terre, c'est-à-dire « cette étincelle céleste qui fait la poussière si grande et « si sainte que nous autres, gentilshommes de haut lieu « cependant, nous sommes aussi peu de chose devant ce « corps étendu sur la dernière marche de cet escalier, que « ce corps lui-même devant le trône du Seigneur ! »

M. Dumas aurait pu tirer un meilleur parti du chapitre

12

intitulé : *L'Abbé Scarron* ; — il n'est pas assez littéraire ;
il y a, dans le *Chevalier d'Harmental*, quelque chose de
mieux en ce genre : *Les Poëtes de la régence*.

Henriette d'Angleterre est appelée une jeune fille de 14
ans ; née en 1644, elle n'en avait que 4 à 5. — On dit :
« *Les Mille et une Nuits* venaient d'être traduites pour la
« première fois, et étaient fort à la mode à cette époque.»
— Né en 1646, Galland, qui traduisit pour la première
fois les *Mille et une Nuits*, ne les avait pas encore traduites
à cette époque.

Milady a laissé un fils de son second mariage avec
Winter ; devenu homme, ce fils jure de la venger, et nous
voilà encore dans les assassinats et les guet-apens. — Mordaunt, c'est ainsi qu'il s'appelle, hait aussi Charles Ier,
qui l'a déclaré bâtard : c'est lui qui est le bourreau masqué dont parle l'histoire et que l'histoire n'a jamais pu
nommer. — Le véritable bourreau a disparu, grâce,
bien entendu, aux quatre amis ; — ils conspirent pour
sauver le roi, mais inutilement ; au moment fatal, Athos
est caché sous l'échafaud ; c'est à lui que le roi adresse
cette dernière parole : *remember*, afin qu'il se souvienne
qu'il y a, dans une caverne de Newcarsttle, un million
qui pourra servir un jour à Charles II. — Les amis finis-
sent par tuer Mordaunt en pleine mer, et se consacrent à
la restauration.

Mais tous les services rendus sont oubliés : d'Artagnan
et Porthos sont jetés à la Bastille par Mazarin ; ils se sauvent et sauvent Athos, car ce sont des démons ; Porthos

devient riche. — Athos prouve à la duchesse de Chevreuse, qui ne s'en doutait pas, que Raoul est leur fils à tous deux. — C'est le fait le plus mal imaginé de tout le roman ; il était si aisé de ne pas faire de Raoul un bâtard, et qui gagne-t-il ? qu'y gagne l'intérêt du livre ?

Ces deux premières parties sont vives, rapides, amusantes ; il n'en sera pas de même de la *suite*. — L'arrivée de d'Artagnan à Paris, son intimité avec Athos, Porthos et Aramis, ces grands coups d'épée qu'aurait tant aimés Mme de Sévigné, les intrigues politiques et les intrigues d'amour, les dangers partagés, les portraits des figures historiques, le caractère de chacun des amis et celui de leurs laquais, le bastion de Saint-Gervais, — scène à la fois d'Homère et de l'Arioste ; — les cinq jours de captivité de Milady, Felton, l'homme rouge, la mort de madame Bonacieux, le jugement, l'exécution, le sang-froid d'Athos quand deux amis vont tirer l'épée contre les deux autres, le serment renouvelé de s'aimer et de se secourir toujours quelle que soit leur position, la visite de d'Artagnan à Aramis, puis à Porthos, puis à Athos ; — M. de Beaufort à Vincennes, le voyage et le séjour en Angleterre, Wite-Hall, Charles Ier, l'évasion de la Bastille, avec quel entraînement on lit tout cela !

Les amis sont de nouveau séparés : Aramis va s'ensevelir dans le couvent de Noisy-le-Sec ; — Athos retourne à Bragelonne, Porthos à Pierrefonds, d'Artagnan reste au service ; mais tout n'est pas fini ; — le lecteur désire savoir ce que deviendront ses anciennes connaissances auxquelles il s'est si fortement attaché : — c'est ce qu'il verra en lisant le *Vicomte de Bragelonne*.

Dix ans plus tard, nous sommes au mois de mai 1660, près de Gaston d'Orléans, à Blois ; — le jeune roi, encore sous la tutelle de Mazarin, le vient visiter : un inconnu qui n'a pas de quoi payer son auberge comme, dans *Candide*, le roi de Corse Théodore, — Charles II lui demande un million pour reconquérir son royaume ; — Louis XIV, gêné par son ministre, refuse ; mais Athos qui sait où il y a un million, jure qu'il le remettra au prétendant ; — d'Artagnan, qui a entendu la conversation du roi et du proscrit, jure qu'il viendra à son aide ; — et chacun part de son côté, sans s'être rien confié. — Cromwel est mort, son fils Richard a abdiqué ; restent Lambert et Monk. — Pendant ce temps, les intrigues de cour et les amours vont leur train : Raoul est fiancé à Mlle de La Vallière, qui entre dans la maison de MADAME.

Ici j'ouvre une parenthèse : — L'auteur fait mourir Racan, *Voilà un mois à peine*. — Racan ne mourut que dix ans après (1670), non en 1690, comme le dit Palissot dans ses *Mémoires pour servir à l'histoire de notre littérature* ; — à ce compte, Racan eût vécu cent-un ans. — L'auteur donne 52 ans à Mazarin : — né en 1602, Mazarin avait bien, en 1661, époque de sa mort, 59 ans. — Cette mort est bien décrite : il recommande Colbert au roi ; — Historique. — « Colbert avait treize ans de plus que « Louis XIV, son maître futur. » — Né en 1619, Colbert avait dix-neuf ans de plus que Louis XIV, né en 1638.

Reprenons : — Athos a vu Monck ; Monck l'a accompagné dans la grotte qui renferme le trésor de Charles Ier, mais sans se décider sur la cause de Charles II. — D'Artagnan, de son côté, ignorant la présence d'Athos en Angleterre, s'empare de Monck, l'emballe dans une espèce de coffre grillé, et va le remettre en France à Charles II ; Charles II lui rend la liberté, et le général, vaincu par cette générosité, se range sous son drapeau, et l'intrônise à Londres. — Singulière invention, même dans un roman, — même dans un roman de M. Dumas qui se permet tant de choses !

Il s'agit maintenant de Fouquet et de Colbert, Colbert trop haîneux, trop mesquin, trop rapetissé, Fouquet trop grandi. — Nous voyons les noms littéraires de l'époque : Conrart, Loret, La Fontaine, Molière, Pélisson, etc... — Fouquet fortifie Belle-Isle ; le roi y envoie d'Artagnan qui y trouve Porthos fortifiant, d'après les plans d'Aramis, évêque de Vannes. — Aramis et Porthos, inquiets, volent à Paris, instruisent Fouquet qui donne Belle-Isle à Louis XIV, avant que d'Artagnan ait pu transmettre ses renseignements.

M. Dumas fait maintenant un tour de force auquel il ne nous a point accoutumés : il n'est plus amusant ! — Ils ne sont là qu'à dialoguer, qu'à s'écouter, à se répondre les uns les autres ; ne nous y arrêtons pas.

On cite, en 1661, les fables de La Fontaine, dont la première édition ne parut qu'en 1668. — On cite Racine qui n'avait pas même fait encore la *Thébaïde*, qui n'avait

encore publié que sa *Nymphe de la Seine*, médiocre
pièce, insuffisante à lui donner un nom. — Tout cela est
fort indifférent : ce qui ne l'est pas, c'est le manque constant d'intérêt. — On sent trop que l'œuvre a paru d'a-
bord en feuilletons, et que monseigneur le feuilleton a de
terribles exigences. — Dès que nos vieux amis les mousquetaires ne sont plus là, tout languit, tout devient froid
et monotone. — Ce sont toujours Louis XIV et La Vallière, que Louis XIV enlève à son fiancé qu'il a éloigné
en l'envoyant en Angleterre. — C'est long : qu'est devenu ce souffle puissant qui animait les commencements
de cette étrange et merveilleuse histoire ? — Oh ! le feuilleton ! le feuilleton ! — A peine de courtes échappées de
vue, quelques gasconnades de d'Artagnan. Mais patience,
ce n'est qu'une épreuve.

Nous nous relevons un peu. « Les intrigues sont épui-
« sées, dit l'auteur. » — Dieu soit loué ! Il était temps !
— L'intérêt revient avec Athos, Athos réclamant à Louis
XIV sa promesse à l'égard de Raoul. — Ce chapitre : *Roi
et Noblesse*, et celui qui en est le complément : *Ce qui se
passait au Louvre*, sont pleins de grandeur ; — pourtant
nous ne pouvons croire qu'un roi tel que Louis XIV ait,
nous ne dirons pas écouté, mais entendu jamais des paroles comme celles d'Athos, et surtout de d'Artagnan. —
Athos est arrêté par d'Artagnan, qui veut le faire sauver ;
Athos refuse et se rend à la Bastille ; son ami retourne
chez le roi, lui annonce que si Athos est prisonnier, c'est
qu'il l'a bien voulu lui-même, qu'il n'a pas tenu à lui,

d'Artagnan, qu'il ne s'évadât. — Le roi est furieux ; d'Artagnan, après une longue imprécation, impossible devant un tel monarque, tire son épée et la pose sur la table; le roi la repousse : « Un roi peut disgracier un soldat, il « peut l'exiler, il peut le condamner à mort ; mais, fût-il « cent fois roi, il n'a jamais le droit de l'insulter en dés- « honorant son épée. Sire, un roi de France n'a jamais « repoussé avec mépris l'épée d'un homme tel que moi. « Cette épée souillée, songez-y, sire, n'a plus désormais « d'autre fourreau que mon cœur ou le vôtre. Je choisis « le mien, sire, remerciez-en Dieu et ma patience ! » — Nous lisons quelque chose de pareil dans l'histoire de Frédéric de Prusse; mais le vieux guerrier, insulté par son roi, en terminant son discours, se brûle la cervelle, ce qui sauve la vraisemblance. — D'Artagnan va se tuer; le roi l'arrête et lui tend un papier : c'est l'ordre d'élargir à l'instant même M. le comte de la Fère ; — scène im- possible, mais saisissante.

La lutte entre Fouquet et Colbert continue. — Aramis a découvert à la Bastille celui qui fut depuis le *Masque de Fer*, lequel est un frère jumeau de Louis XIV, que la rai- son d'état a fait disparaître, vu que les médecins ne pou- vant déclarer qui est l'aîné, la France eût donné le spec- tacle d'une autre *Thébaïde*. — M. Dumas est presque dans son droit en adoptant cette version sur un sujet encore controversé : il a pu choisir entre le duc de Normandie, le duc de Beaufort, Fouquet, Mattioli, secrétaire du duc de Mantoue, Avedic, patriarche d'Arménie, Monmouth, fils naturel de Charles II ; — entre les rêves des écrivains qui s'en sont occupé : l'auteur des mémoires de Perse, le P. Griffet, du Jonca, le maréchal de Richelieu, Reynaud-Warin, Delort, Roux-Fazillac, Billard, Saintfoix, Crawfurd, Dufey de l'Yonne, etc.... Il a presque eu le droit de choisir parmi toutes ces données puisqu'elles conviennent au roman en général, à son roman en particulier. — On prouvera toujours à celui qui nomme le Masque de Fer qu'il se trompe, on ne prouvera jamais qui fut le Masque de Fer. — M. Dumas en fait le frère jumeau de Louis XIV ; — soit : de toutes les opinions c'est la plus singulière, voilà tout ; — mais si ce grand inconnu était sorti de la Bastille par la ruse d'Aramis ou de tout autre personnage plus historique ; si le vrai Louis XIV, enlevé pendant la nuit, fût allé le remplacer momentanément en prison ; si le Masque de Fer eût trôné une matinée ; s'il eût reçu à Vaux la cour à son lever ; si le vrai roi, sauvé par Fouquet qu'il récompensa si bien, l'eût surpris dans son essai de royauté ; si l'autre eût été saisi et conduit à l'île Sainte-Marguerite, tout chaud encore de son usurpation ; alors, dis-je, le mot de l'énigme eût été bientôt trouvé, le problème résolu ; — et M. Dumas épargnerait aux futurs historiens bien de ridicules commentaires et d'insipides bavardages.

Raoul, qui aime toujours Mlle de La Vallière, suit, de désespoir, le duc de Beaufort en Afrique ; son père l'accompagne à Toulon ; ils vont à l'île Sainte-Marguerite, ramassent la fameuse assiette d'argent dont parle Voltaire ;

— 189 —

— On tire sur eux ; d'Artagnan les sauve, en les fesant passer pour des Espagnols qui ne savent que leur langue. — Bien ! — Les adieux d'Athos et de Raoul ne se peuvent lire sans une profonde émotion.

Nous voici tout à Fouquet : — On a dit au roi qu'il ne pouvait arrêter le surintendant à Vaux où il est son hôte ; il part donc pour Nantes où doivent s'assembler les États : — c'est là qu'il paiera sa dette de reconnaissance envers Fouquet qui lui a rendu son trône. — Faire rendre ce trône par Fouquet toujours dévoué, quelques jours après faire arrêter Fouquet par le roi, c'est prêter à ce roi un rôle infâme qu'il n'a jamais pu jouer : — Nous protestons au nom de l'histoire et de la vérité.

L'ordre est donné : Fouquet veut se sauver ; d'Artagnan lui court après, et tombe épuisé de fatigue. — Fouquet, noble et généreux, au lieu d'en profiter, prend soin de lui : « Vous ne vous êtes pas enfui, s'écrie d'Artagnan ! « Oh monsieur ! le vrai roi par la loyauté, par le cœur, « par l'âme, ce n'est pas Louis du Louvre ni Philippe de « Sainte-Marguerite ; c'est vous, le proscrit, le condam- « né ! » — Comme cette grandeur de Fouquet est vrai- semblable ! Comme le roman le prend à l'aise avec l'his- toire ! — Ce qu'il y a de vrai, c'est que Fouquet fut arrêté par d'Artagnan après cette espèce de course au clocher; nous lisons le nom de d'Artagnan dans la lettre écrite par Louis XIV à sa mère, de Nantes, le 5 septempre 1661, et dans Mᵐᵉ de Motteville : « Le surintendant, recevant cet avis, « au lieu de se mettre dans sa chaise, voulut entrer dans

« celle d'un autre pour se sauver ; mais d'Artagnan qui le
« suivait et qui avait l'œil sur celle où il devait se mettre,
« le poursuivit comme il allait déjà prendre un chemin
« détourné. Il l'arrêta de la part du roi, et le fit mettre
« aussitôt dans le carrosse qui était préparé pour cet ef-
« fet. » — D'Artagnan a figuré dans un coin assez obscur
de l'histoire : En 1666, il fut fait capitaine-lieutenant de
la première compagnie, lors de la démission du duc de
Nevers ; Mme de Motteville prolonge sa vie jusqu'en 1673.
— Il n'y aurait donc pas d'erreur de date, ce qui serait
assez indifférent à l'égard d'un personnage dont à peine
on a retenu le nom, mais qui, grâce à la volonté toute
puissante d'un romancier de génie, est devenu un personnage populaire et immortel.

Nous ne nous séparerons plus désormais de nos vieux
amis Athos, Porthos, Aramis, d'Artagnan ; nous allons
les suivre jusqu'au tombeau.

Aramis et Porthos se sont réfugiés à Belle-Isle ; d'Artagnan, suspecté, surveillé lui-même, ne peut rien pour
eux ; mais du moins ils se défendront puisqu'ils n'auront
pas à se défendre contre leur ami. — Aramis avoue à Porthos qu'il l'a trompé, qu'il l'a entraîné dans une conspiration contre le vrai roi, et par ambition personnelle ; le
bon Porthos devient sublime d'abnégation, de dévoûment
pour celui qui l'a perdu : « Dès que vous avez agi uni-
« quement pour vous, dit-il, il me serait impossible de
« vous en vouloir. C'est si naturel ! » — Ils se cachent
dans la grotte de Locmaria ; on les attaque ; ils tuent cent

six hommes; mais les soldats se multiplient; pendant qu'Aramis l'attend dans une barque à l'entrée de la caverne, Porthos lance un baril de poudre : tout est mort ; les rocs s'écroulent; une masse courbe les épaules du géant ; il la retient quelques instants, puis il murmure la parole suprême : « Trop lourd ! », — et il dort de l'éternel sommeil dans le sépulcre que Dieu a fait à sa taille !— Aramis se sauve dans la barque ; elle est poursuivie; mais, général des Jésuites, il a fait un signe mystérieux au commandant du vaisseau qui s'est emparé de la barque, et le commandant « suit la route qui plaît à Monseigneur !» — Roman, roman et roman !

Des quatre amis, Porthos a disparu le premier; les chapitres : L'*Épitaphe de Porthos*, et le *Testament de Porthos*, sont saisissants ; ce testament est admirable de bon sens, de cœur, de naïveté : tous ses biens sont laissés au jeune Raoul, à la charge d'en donner à d'Artagnan *tout ce qu'il en demandera.* — Mousqueton, le fidèle domestique, hérite des quarante-sept habits de son maître ; il les amasse, se couche dessus, et meurt de douleur.

Pendant ce temps-là, Athos, vieilli, ne pensant qu'à son fils absent, voit ses forces s'amoindrir de jour en jour ; il ne se lève plus ; au médecin, il répond : « Mon « chagrin n'est pas caché ! J'ai l'absence de mon fils! voilà « tout mon mal. — Tant que Raoul vivra, je vivrai. » — Il a une vision : son fils semble l'appeler; le courrier d'Afrique n'apporte rien ; tout-à-coup on entend le galop d'un cheval : Grimaud, le vieux Grimaud, le fidèle ser-

viteur qui a accompagné Raoul, paraît : « Grimaud, dit
« Athos, Raoul est mort, n'est-ce pas ? » — « Oui, »
répond le vieillard arrachant ce mot de la poitrine avec
un rauque soupir ! — Athos ne perd rien de sa sérénité,
il semble continuer son rêve ; puis, après une heure
d'extase, le sourire sur les lèvres, il murmure ces deux
mots : « Me voici ! » — et il expire. — D'Artagnan arrive
au moment même : « Athos ! Athos ! mon ami ! » — Cet
ami avait gardé dans la mort son plus bienveillant sourire pour faire encore un gracieux accueil à son vieux
compagnon. — D'Artagnan, à son chevet, est accablé
par ses souvenirs, par sa douleur ; — puis, le cœur
brisé, il se lève, appelle Grimaud, lui demande comment
est mort le fils. — Le récit de cette mort refroidit, gâte
tout : — Raoul s'est précipité au devant des Arabes malgré l'ordre de son chef, le duc de Beaufort ; contrairement
aux conseils que lui a donnés son père au moment du
départ, il verse son sang, inutilement pour la France.—
C'est pardonnable ; — mais relevé, tout couvert de bles-
sures, il a déchiré l'appareil, et, une boucle de cheveux
blonds dans la main droite, cette main crispée sur son
cœur, il meurt par le suicide ! Or, le suicide inspire peu
d'intérêt ; — même pour l'art et pour le récit, il fallait
faire mourir le fils d'Athos en héros et surtout en chrétien :
cela produit l'effet d'une note fausse, cela désespère après
la mort si grande, si noble, si sereine du comte de la Fère.

Le corps de Raoul a été ramené par Grimaud ; d'Artagnan préside aux doubles obsèques du père et du fils. Une

femme voilée prie sur la terre humide, d'Artagnan a reconnu Mlle de la Vallière ; il lui reproche la mort de ces
deux hommes : « J'eusse mieux aimé vous voir parée de
« fleurs dans le manoir du comte de la Fère. Vous eus-
« siez moins pleuré, eux aussi, moi aussi !..... La place
« du meurtrier n'est pas sur la tombe des victimes ! » —
Mlle de la Vallière s'excuse sur son amour pour le roi,
amour vrai et sans ambition ; — d'Artagnan lui répète ce
que M. de Bragelonne lui a dit à son départ, quand déjà il
méditait sa mort : « Si l'orgueil et la coquetterie l'ont en-
« traînée, je lui pardonne, en la méprisant. Si l'amour l'a
« fait succomber, je lui pardonne en lui jurant que jamais
« nul ne l'eût aimée autant que moi. » — Tout est fini :
Mlle de la Vallière s'est retirée ; d'Artagnan croise les bras
sur sa poitrine gonflée : « Quand sera-ce mon tour de partir,
« dit-il ? Que reste-t-il à l'homme après la jeunesse, après
« l'amour, après la gloire, après l'amitié, après la force,
« après la richesse ?..... Ce rocher, sous lequel dort Por-
« thos, qui posséda tout ce que je viens de dire ; cette
« mousse, sous laquelle reposent Athos et Raoul, qui
« possédèrent bien plus encore !..... Marchons toujours.
« Quand il en sera temps, Dieu me le dira comme il l'a
« dit aux autres. » — d'Artagnan eût pu se répondre à
lui-même : « Après tout cela, aux morts il reste Dieu ; —
« aux survivants, il reste Dieu ! » — D'Artagnan reprend
seul, seul à jamais, le chemin de Paris.

Dans aucun roman nous n'avons vu quelque chose de
comparable en émotions.

Quatre ans se sont écoulés : d'Artagnan assiste à une chasse du roi ; Mlle de la Vallière suit, pâle, jalouse, désespérée, les yeux rougis de pleurs ; le roi n'a des regards que pour Mlle de Tonnay-Charente, devenue Mme de Montespan : Mlle de la Vallière commence son expiation.

D'Artagnan est invité à dîner chez le roi avec le duc d'Alameda, qui n'est autre qu'Aramis rentré en grâce, et ambassadeur en Espagne ; ils se disent adieu pour ne plus se revoir : « Aimons-nous pour quatre, dit d'Artagnan, « nous ne sommes plus que deux ! » — « Et tu ne me « verras peut-être plus, cher d'Artagnan, dit Aramis ; « si tu savais comme je t'ai aimé ! Je suis vieux, je suis « éteint, je suis mort ; » — Ils se séparent : — Aramis, dont on n'entend plus parler, retourne en Espagne.

Quelques mois après, Louis XIV et Colbert, qui veulent faire gagner au vieux capitaine le bâton de maréchal de France, lui donnent le commandement de la campagne de Hollande ; d'Artagnan s'y conduit en soldat intrépide, en habile général ; il est à la tranchée, quand un messager lui remet, de la part de Colbert, une lettre et un petit coffre ; la lettre lui annonce que le roi l'a nommé maréchal ; le coffre renferme le bâton fleurdelisé ; il va l'ouvrir, quand un boulet de canon le frappe en pleine poitrine, broie le coffre d'où s'échappe le bâton ; — le serrant de sa main crispée, d'Artagnan qui voit de ses yeux mourants le drapeau blanc planté sur le bastion principal, retombe en murmurant ces mots étranges qui parurent aux soldats des mots cabalistiques, mots qui jadis avaient représenté tant de choses sur la terre , et que nul, excepté ce mourant, ne comprenait plus : « Athos , Porthos, au revoir ! Aramis , à jamais adieu ! »

« Des quatre vaillants hommes , dit l'auteur (et c'est sa « dernière phrase), des quatre vaillants hommes dont nous « avons raconté l'histoire , il ne restait plus qu'un corps. « Dieu avait pris les âmes ! »

Tel est le *monument* de M. Alexandre Dumas : — Il a puisé dans les *Mémoires d'Artagnan*, roman écrit par Gatien de Courtils : il était dans son droit ; d'un livre médiocre et profondément oublié, il a fait un livre qui restera. — A ce livre, il ne manque que le style ; il lui a manqué de ne pas paraître en feuilletons, ce qui a dû amener de mortelles longueurs, dans la troisième partie surtout, *le vicomte de Bragelonne.* — Oh ! si M. Dumas, plus soucieux de sa vraie gloire, revoyait son ouvrage avec soin, avec calme, sans être pressé par le journal, par le libraire, par l'éditeur ! — Il nous a raconté la jeunesse, l'âge mûr, la viellesse et la mort de ses héros, il doit y être attaché, il doit les aimer ; — qu'il le fasse donc pour eux, pour nous et pour lui ; — et, qui sait? la France alors aurait peut-être son épopée , qu'elle demande depuis si longtemps.

Quant à nous , M. Dumas vient de nous faire oublier un instant les sottises, les ignorances, les bevues, les bêtises quotidiennes qu'on nous prodigue si généreusement dans les écrits les plus graves et les plus savants. — Nous avons oublié les philosophes, les économistes, les méta-

physiciens, les astronomes, les algébristes, les panthéis-
tes, les rationalistes, les journaux, les revues, les livres
et les coteries ; — hélas ! il y faudra bien revenir, —
mais c'est autant de gagné.

Pendant que ceci s'imprimait, nous glanions encore çà
et là quelques charmantes fleurs dans le vaste champ des
Bévues. — Par exemple, nous lisions dans le *Courrier
de Paris* et dans le *Messager de Paris* du 26 mars 1860 :
« Voici des fragments de la formule d'excommunication :
« Après avoir souhaité à l'excommunié d'être englouti
« avec Dathan et Oberon..... » — Nous avons consulté
bien des savants, nous avons ouvert et feuilleté bien
des livres spéciaux, entre autres le *Dictionnaire historique, critique et chronologique de la Bible*, par Dom
Calmet (4 volumes in-f°, avec gravures), nous n'avons
trouvé nulle trace de ce nouveau personnage biblique, —
OBERON. — Qu'il aille rejoindre Hérode *qui se lave les
mains*, ce pauvre diable que l'on renvoie de *Ponce à
Pilate* (voyez pages 71-72), et le *Jéricho municipal*
(page 70). — Tout cela aide puissamment à nos études des
Livres Saints !

Dans l'*Illustration*, déjà souvent nommée, sous la
signature Philippe Busoni, déjà souvent nommé, nous
lisions (24 mars 1860) : « L'illustre Bourdaloue qui, par
« parenthèse, était jésuite, s'est montré plus miséricor-
« dieux pour le George Sand de son temps; il écrivait à

« Mlle de Scuderi : Vos ouvrages ont pour moi le charme
« de la nouveauté, et j'y trouve tant de choses propres
« à réformer le monde que (je ne fais point de difficulté
« de l'avouer), dans les sermons que je prépare pour la
« Cour, vous serez très souvent à côté de saint Augustin
« et de saint Bernard. » — La chose est, à peu de mots
près, exactement rapportée ; — mais singulière imagination qui établit une comparaison entre George Sand et
Mlle Scudéry ! — Entre les deux, un abîme ! — Quel
prédicateur de nos jours citerait en chaire George Sand
à côté de saint Augustin et de saint Bernard ? — Ce n'est
pas tout : Bourdaloue n'y est pour rien ; — la parenthèse
— *qui était jésuite* — tombe à faux, car le compliment
à l'auteur de *Cyrus*, de *Clélie* et d'*Ibrahim*, est de Mascaron qui, *par parenthèse*, était *oratorien*.

Dans l'*Artiste* du 1er avril, M. Arsène Houssaye fait
Michel-Ange, auteur du *Milon de Crotone*. — C'est à nous
surtout, à nous, compatriotes de Puget, de réclamer.

M. Emile de la Bédollière continue à nous donner, du
haut de sa chaire, des leçons de latin : « ... Ces actes...
« écrits en beau langage *(vernaculo sermone)*. » — (Le
Siècle du 8 avril 1860). — Est-ce par esprit démocratique
que M. de la Bédollière appelle *beau langage* le langage
des laquais ?

« .... Parodiant le vers célèbre par lequel Voltaire im-
« mortalise l'abbé Triboulet :

« Il protestait, protestait, protestait. »

13

(Le *Courrier de Paris*, 15 avril 1860. — Bulletin. — Signé Eugène Vassal). Pauvre archidiacre de Saint-Malo ! avoir été le jouet des beaux esprits de son temps, avoir été affublé par le *Pauvre Diable* d'épigrammes si gaies, avoir été l'ami de La Motte et de Fontenelle, le type du véritable homme de lettres, doux, honnête et sans envie ; — puis, quatre-vingt-dix ans après sa mort, être appelé *Triboulet* par le *Courrier de Paris* ; — c'est souffrir deux fois les atteintes, et cruellement expier l'honnêteté d'une longue vie !

Ici nous terminons, pour les reprendre un jour, la série de nos remarques : nous nous arrêtons, faute de deviner l'avenir, au 15 avril 1860. — *Hic tandem stetimus*, comme disait Regnard ; mais, quoique non prophète, nous nous inquiétons peu des jours qui viendront. — Conviction intime et douce, qui nous assure que la moisson sera toujours de plus en plus féconde !

De ces notes simples et naïves, que conclure ? Que nous caressons avec amour, avec quelque espérance, une pensée de décentralisation littéraire ? Que nous voulons affranchir la province de l'écrasant despotisme parisien ? O mon Dieu, non ! — Certes, Paris n'est pas le soleil, mais nous savons que, comme le soleil, il est le centre, le foyer, le réceptacle de la lumière : il renvoie en tous lieux les rayons qui n'y sont pas nés, mais qui s'y sont réunis ; il les rend à son tour à ceux qui les ont apportés. — Il n'y a pas de Parisiens à Paris ; — Paris intelligent est fait de provinciaux ; — Paris, par lui-même, est bête : l'esprit lui vient d'ailleurs. — Prenez la liste de tous ceux dont aujourd'hui (pour ne pas sortir de notre époque) chacun sait les noms, qui se sont fait une réputation dans l'histoire, la philosophie, les sciences, la musique, la sculpture, la peinture, le roman, la critique, la poésie, la littérature sérieuse, la littérature légère, le simple feuilleton, etc... Combien de Parisiens ? — Vous nommez ce malheureux Béranger, — et, après ? — Pourtant, hors de Paris, point de salut pour l'artiste et pour l'homme de lettres : Paris seul crée les réputations, seul les consacre et les répand. — Parlez de décentralisation administrative (ce qui n'entre nullement dans notre sujet) ; que chaque localité sache mieux que les Parisiens ce qui lui convient, quels sont ses besoins, où elle trouvera son bien-être ; — qu'il ne lui faille point, pour relever un clocher chancelant, pour paver un trottoir, pour aligner une rue, en appeler à une bureaucratie éloignée, insouciante et qui ne sait pas, cette réforme sera bonne, juste et réalisable ; car, en attendant la réponse toujours tardive, avant qu'elle ait surgi du fond des paperasses, le clocher s'écroule, le trottoir s'effondre, la rue disgracieuse continue à fatiguer l'œil. — Décentralisation littéraire ! ce serait aussi à désirer, mais rien ne peut secouer ce despotisme. Usurpation, soit, mais c'est un fait : depuis soixante-dix ans nous subissons d'autres

usurpations, d'autres faits accomplis en matières plus
graves : — *Dura lex, sed lex !*

Notre pensée ne s'élève donc pas si haut : Le présent
ouvrage est tout simplement une pétition, une respec-
tueuse adresse à Messieurs les écrivains de Paris, voilà
tout : — On nous envoie de là-haut de si plates médio-
crités qui portent un brevet de génie signé *Paris*; il nous
faut si souvent nous agenouiller, sous peine de passer
pour des sots, devant ces tristes héros des *cénacles* et des
coteries, que nous demandons aux maîtres d'avoir quelque pitié de nous, de notre simplicité primitive : qu'ils
n'abusent pas trop de leur force, car si, un jour, nous
allions leur échapper !....

Nous les supplions humblement de réfléchir un peu
avant d'écrire, de s'entourer des livres les plus élémen-
taires, d'interroger leurs souvenirs, et si, — pour cause,
— leurs souvenirs ne répondent pas, de retourner quel-
temps à l'école ; cela ne fait jamais de mal. — Un moyen
plus sûr encore : — S'ils voulaient bien ne plus écrire ?
C'est si facile, et ils y gagneraient tant !

Nous payons assez cher leurs enseignements pour qu'ils
nous les donnent bons et *garantis*. — Il y a des lois contre les inventeurs et propagateurs des nouvelles fausses ;
il y en a de plus sévères encore contre les marchands à
faux poids, contre les falsificateurs de denrées ; — c'est
ce que le Code appelle : *Tromperie sur la nature de la
marchandise vendue.* — Nous ne le savons que trop, vous
échappez à cet article du Code : Il est impuissant à votre

égard comme à l'encontre du médecin qui , prenant une
fiole pour une autre , s'embrouillant dans le fouillis des
mots barbares qui sont le fonds de sa science , se trompe
d'ordonnance, et verse à son patient du poison.

Un mot encore ,

> .... et je ferme à jamais
> Ce livre à ma pensée étranger désormais.

Le *Journal amusant* nous donne (24 mars 1860) une
charmante scène intime de la vie de Province : sept personnages , au sourire niais , cherchent à deviner une cha-
rade proposée par une vieille femme à la physionomie
plus niaise encore; au bas de la gravure , on lit :

— « Mon premier n'a jamais bu de vin. — Mon se-
« cond ne donne pas aux argents...., et mon tout est un
« vieux roi de France.

— « Charlemagne?...

— « Non... plus vieux que cela.

— « Mérovée?

— « Plus vieux que cela.

— « Alors.... c'est Pharamond ?

— « Plus vieux encore ! ! !

— « Ma foi , j'y renonce....

— « Eh mais.... c'est *Nabuchodonosor ! ! !* »

C'est très-joli ! Nous ignorons si M. Baric , l'auteur de
cette fine satire , est né dans *le petite ville de* ***, ou dans
les prés fleuris qu'arrose la Seine; mais nous avons une
série de questions timides à lui poser : Pourquoi la pro-

vince? — Croit-il qu'on ne joue aux charades qu'en province? Croit-il que, tous les habitants de Paris, tous les
écrivains de Paris, M. J. Janin, M. A. Houssaye, ou
M. F. Mornand, par exemple, ou les rédacteurs de la
Patrie, du *Constitutionnel* et du *Siècle* surtout, seraient
en état de répondre à la question : « De quel pays Nabu-
« chodonosor fut-il roi? » — N'auraient-ils pas besoin,
appelés au tableau, de se livrer à des recherches préala-
bles, de consulter les dictionnaires biographiques, sous
peine de passer un triste examen, et de rester *fruits secs?*

O Parisiens, qui venez de la province, et qui traitez si
lestement la province, vous êtes nos maîtres, — soit;
mais permettez-nous de répéter, en terminant, l'épigraphe qui ouvre cette humble requête, et qui l'encadre si
bien :

> Par nous, d'en bas la pièce est écoutée,
> Mais nous payons, utiles spectateurs.
> Et, quand la farce est mal représentée,
> Pour notre argent nous sifflons les acteurs!

Saint-Jean-du-Désert (près Marseille). Avril 1860.

FIN.

TABLE

TABLE

—

FIN DE LA TABLE.